CRI DU CŒUR

MISTER SEPTEMBRE

J. KENNER

AUTEURE DE BEST-SELLERS CLASSÉS AU NEW YORK TIMES

Apprivoise-moi

Tente-moi

Te désirer

T'enflammer

T'envoûter

En mille éclats

En mémoire de nous

En demi-teinte

Droit au cœur - Mister Janvier

Vague à l'âme - Mister Février

Raison d'être - Mister Mars

Coup de sang - Mister Avril

État d'âme - Mister Mai

Droit au but - Mister Juin

Au beau fixe - Mister Juillet

Diable au corps - Mister Août

Cri du cœur - Mister Septembre

Corps à corps - Mister Octobre

État d'esprit - Mister Novembre

Force d'âme... - Mister Décembre

Mon Ange Déchu

Mon Doux Péché

Ma Cruelle Rédemption

Abonnez-vous à la newsletter de l'édition française de JK pour des informations sur les sorties en français, les apparitions en France, et plus encore. (Veuillez noter: la newsletter sera rédigée à l'aide de Google Translate (tout comme cette note), mais tous les livres sont traduits et relus par des professionnels!)

https://www.juliekenner.com/nouveaux-livres/

Qui sera votre Homme du mois ?

Lorsqu'un groupe d'amis à la détermination farouche apprend que son bar préféré risque de fermer ses portes, ils prennent les choses en mains pour faire revenir les clients séduits par la concurrence. Investis d'une énergie vibrante, ils ripostent sous la forme d'épaules larges, de tablettes de chocolat et de torses nus : ceux d'une douzaine d'hommes du coin qu'ils tentent de convaincre, par la douceur et par la force, de participer au concours de l'Homme du mois pour leur grand calendrier.

Mais le sort de leur bar n'est pas le seul enjeu. Au fur et à mesure que la température monte, chacun des hommes va rencontrer sa moitié dans cette série de douze romances sexy et légères que vous ne pourrez pas lâcher jusqu'à la dernière page, sous la plume de J. Kenner, auteure de best-sellers classés par le New York Times.

— Chacun de ces tomes aborde une intrigue qu'on adore retrouver dans les romances – la belle et la bête, le bad boy milliardaire, l'amitié transformée en amour, l'histoire de la seconde chance, le bébé secret et bien plus encore – pour une série qui touche au cœur et à

l'âme de la romance. — Carly Phillips, auteure de best-sellers classés par le New York Times

Ne manquez aucun tome de la série pour savoir à quel homme du mois ira votre préférence !

Droit au cœur - Mister Janvier
Vague à l'âme - Mister Février
Raison d'être - Mister Mars
Coup de sang - Mister Avril
État d'âme - Mister Mai
Droit au but - Mister Juin
Au beau fixe - Mister Juillet
Diable au corps - Mister Août
Cri du cœur - Mister Septembre
Corps à corps - Mister Octobre
État d'esprit - Mister Novembre
Force d'âme... - Mister Décembre

Chaque tome de la série est un roman indépendant qui ne laisse pas le lecteur sur sa faim et se termine toujours bien !

CRI DU CŒUR

MISTER SEPTEMBRE

J. KENNER

AUTEURE DE BEST-SELLERS CLASSÉS AU NEW YORK TIMES

M&O

Traduit de l'anglais par Catherine Tessier pour
Valentin Translation

UN

— Verdict ? demanda Selma Herrington en penchant la tête pour permettre à Elena Anderson de mieux voir son nouveau tatouage.

Serveuse nouvellement embauchée au *Fix* sur la 6e rue, Elena était également la fille du propriétaire. Au cours des derniers mois, Selma et Elena s'étaient liées d'amitié autour de leur amour commun pour le whisky, les marchés aux puces et les romans d'amour.

À dix heures du matin, le *Fix* n'avait pas encore ouvert ses portes, et elles étaient seules toutes les deux dans l'immense bar. Plus tard, à l'heure du déjeuner, l'endroit commencerait à se remplir, et au cours de la soirée, il serait bondé, notamment ce soir-là, car c'était l'élection de l'Homme du Mois, Mister Août. Selma savait que le père d'Elena, Tyree, et ses trois associés avaient lancé ce concours afin d'attirer l'attention sur le bar et d'accroître ses revenus. Même si Selma ne connaissait pas les détails, elle se basait sur la foule qu'elle voyait un mercredi sur deux et le nombre de nouveaux visages chaque fois qu'elle franchissait les portes pour savoir que leur initiative remportait un franc succès.

Pour le moment, elle avait seulement assisté à deux concours de l'Homme du Mois, mais elle était déterminée à venir ce soir, parce que son frère, Matthew, avait entendu dire que l'un de leurs grands amis du lycée, Landon Ware, en ferait partie. Landon, policier de métier, ne semblait pas être du genre à montrer ses abdos sur une scène, et Selma ne pouvait pas s'empêcher de se demander s'il n'y avait pas autre chose. Récemment, alors qu'elle parlait à Tyree dans l'arrière-boutique de sa commande pour deux autres caisses de whisky, elle avait remarqué Landon avec Taylor, une cliente régulière, également régisseuse pour les spectacles. Elle trouverait peut-être un moment pour l'interroger avant le concours.

Pour le moment, Selma se tenait derrière le bar en chêne verni à côté d'Elena, qui enroulait des couverts dans une serviette en prévision du service. Elle ajouta un autre rouleau à la pile, puis se concentra plus attentivement sur l'épaule de Selma.

— Oh, il est beau, dit-elle avec une admiration sincère.

Elle passa un doigt sous la bretelle du débardeur de Selma, estampillé du logo *Bourbon Molosse*, révélant le feu d'artifice rétro tatoué sur la peau claire de Selma.

— C'est le combientième ? Ton septième tatouage ? Quand l'as-tu fait faire ?

— Le huitième, répondit Selma en passant la main dans ses cheveux noirs coupés court, dont elle avait teint les pointes en bleu cobalt tout récemment. Je l'ai fait faire il y a quelques jours.

— Quel déclencheur ? demanda Elena avec un sourire espiègle.

Ses yeux couleur chocolat pétillaient avec amusement. Grande jeune femme noire aux cheveux courts, à la peau parfaite et aux pommettes hautes, Elena avait une beauté de mannequin. D'ailleurs, Selma essayait de convaincre Elena de faire une séance photo pour elle, dans le cadre de sa prochaine campagne de publicité axée sur les femmes.

Ou du moins, elle *avait essayé* de convaincre Elena. Depuis que Selma avait envie de revendre sa distillerie Molosse d'Austin pour se lancer dans d'autres aventures, la publicité de sa petite produc-

tion de whisky serait bientôt le problème de quelqu'un d'autre.

Cela dit, Elena serait parfaite sur un panneau
publicitaire.

— Selma ?

Les sourcils froncés, Selma chassa ses pensées
inopinées.

— Désolée. J'étais perdue dans ma tête. Qu'est-ce
que tu me demandais ?

— Qu'est-ce qui a motivé ton tatouage de feu
d'artifice ?

Même si elles se connaissaient depuis peu, Selma
et Elena étaient devenues incroyablement proches,
du moins selon la définition de Selma. Assez proches
pour qu'elle lui confie que tous ses tatouages étaient
faits sous l'impulsion du moment. Pourtant, elle
n'avait jamais partagé ce qu'il y avait derrière
chacune de ces impulsions. Rien n'était jamais plani-
fié, et pour Selma, aucun de ses tatouages ne le serait
jamais.

— Je fouinais dans Room Service, expliqua-t-elle
à Elena en faisant référence à son magasin d'occasion
préféré. Et j'ai vu ce dessin sur de la vieille vaisselle
vintage. Je l'ai adoré, alors je suis allée chez True
Blue Tattoo, sur Airport Boulevard, et voilà, c'était
fait avant que je rentre à la maison.

Elle n'avait pas précisé qu'elle avait acheté la vaisselle, aussi. Elle n'avait pas précisé que cette découverte lui avait causé un coup de poignard dans le cœur. Elle ne se souvenait pas de grand-chose de ses premières années, mais elle se rappelait avoir mangé des paninis au fromage avec son frère dans ces assiettes à motifs de feux d'artifice, chez sa grand-mère.

Le souvenir était perdu jusqu'au moment où elle avait vu la vaisselle, mais alors, il l'avait submergée. L'odeur du pain dans la poêle, le grésillement du fromage sur le revêtement chaud, fondant sur les bords. La chanson que fredonnait sa grand-mère, *My Darling Clementine*, pendant qu'elle cuisinait. Avec les blagues incessantes de Matthew, « toc, toc, qui est là ? ».

Ces rares aperçus d'un passé oublié étaient trop précieux pour demeurer perdus. Alors, Selma faisait comme à chaque fois, elle créait un souvenir. Cette fois, en marquant son épaule pour que sa grand-mère soit toujours avec elle.

Elena, bien sûr, ne savait rien de tout cela. Principalement parce que Selma n'avait jamais dit à son amie qu'elle avait été adoptée, et encore moins que sa mère biologique avait abandonné sa fille de dix ans et son fils de onze ans au centre commercial Lakeline, avec rien d'autre que des sacs à dos assortis et des mots accrochés dessus.

Jamais elle ne partageait cela. Il y avait des limites, après tout. Et une trop grande proximité ne faisait que compliquer les choses, les rendre douloureuses.

— C'est pour ça que tu es passée ce matin ? Pour me le montrer ?

Elena poussa la pile de serviettes en direction de Selma.

— Ou tu es venue pour m'aider.

— En fait, je suis venue pour parler à ton père.

— Vérifier les stocks ?

— En partie.

Selma avait fondé la distillerie Molosse d'Austin à partir de rien, cinq ans plus tôt, et elle commençait à devenir une petite distillerie à la réputation nationale. Nommée en l'honneur de la colonie de Molosses du Brésil, race de chauve-souris endémique à Austin, la variété de petites recettes de la distillerie incluait le Bourbon Molosse et le Whisky de seigle Vol du Crépuscule.

Avant que le Molosse ne rencontre le succès, le *Fix* et son propriétaire, Tyree Johnson, avaient toujours été loyaux et l'avaient soutenue, allant même jusqu'à organiser une dégustation pour son compte, bien avant que quiconque à Austin, ou dans le pays, ne sache qui elle était.

— Pour être honnête, dit Selma à Elena pendant qu'elle l'aidait à envelopper les couverts, je voulais lui annoncer ma nouvelle et lui demander conseil.

— Une nouvelle ? Est-ce que le Molosse a gagné une autre récompense ?

— Non, mais merci pour le vote de confiance.

— Maintenant, je meurs de curiosité. Attends une minute.

Elle s'éloigna le long du bar jusqu'à la petite section ouverte. Sans prendre la peine de soulever la planche, elle glissa en dessous et sortit deux verres à ballon, qu'elle apporta devant Selma.

— J'ai un plan, te faire boire pour que tu me le dises avant mon père. Trop tôt pour du bourbon ?

— Fais-moi boire. Et tu sais comment je paie mes factures en ce moment. Pour moi, il n'est jamais trop tôt pour du bourbon.

Elena mit un glaçon de la taille d'une balle de golf dans chaque verre, puis elle versa une quantité appropriée pour l'apéritif. Au lieu de faire glisser un verre sur le bar en direction de Selma, elle les garda dans ses mains, passa à nouveau sous le bar et se dirigea vers une table pour deux. Elle posa bruyamment les verres, puis s'assit sur une chaise.

— Bon, raconte-moi.

Normalement, Selma n'était pas du genre à obéir aux ordres, mais elle voulait partager cela avec Elena depuis des jours et elle espérait que son amie serait au bar tôt le matin.

— Voilà, je vais déménager en Écosse.

Elena venait seulement de lever son verre, mais elle le reposa sans avoir pris une gorgée.

— Tu *quoi* ?

Selma pencha la tête et jeta un œil à son amie. Elle l'avait très bien entendue.

— Waouh, fit Elena.

Cette fois, elle prit vraiment une gorgée.

— Depuis quand ? Est-ce que tu as pensé à tout ? Comment vas-tu gérer la distillerie ?

Selma se hérissa. Pendant une seconde, elle envisagea de changer radicalement de sujet. Elle savait, cependant, qu'Elena ne pensait pas à mal, même si elle lui rappelait sa mère adoptive. Pendant des années, Allison Herrington avait seriné à Selma qu'elle était la meilleure petite fille au monde. Ou plutôt, qu'elle le serait si elle cessait d'être aussi impulsive.

— Bien sûr que j'ai réfléchi. J'ai des petits contrats là-bas, et une fois que ce sera fait, je pourrai me servir de l'argent pour financer un an de voyages à travers l'Europe. J'irai peut-être en Asie ou en Australie, aussi.

— Oui, mais l'Écosse ? Qui va gérer le Molosse ? Et ça te vient d'où ? Je veux dire que c'est une chose de partir en voiture pour un concert dans le Montana.

Aventure que Selma avait faite récemment, au plus grand amusement d'Elena.

— Mais c'est une tout autre chose que de déménager dans un autre pays.

Selma haussa simplement les épaules. Son amie n'avait pas tort. Mais elle aimait rester en mouvement. Elle voulait de l'aventure. De nouveaux paysages. Et puisqu'ils n'allaient pas venir à elle, elle devait aller à leur rencontre.

— Comment t'est venue cette idée ? insista Elena.

— Tu te souviens que je t'ai parlé de Sean O'Reilly ?

— Ce n'est pas le type que tu as rencontré pendant ton séjour en Écosse après la fac ?

— Oui, c'est lui, mais c'est plutôt *pendant* la fac. Ou techniquement, c'était après que j'ai abandonné.

Elena s'adossa dans son siège avec une expression amusée.

— Et ? Comment entre-t-il dans le tableau maintenant ?

— Je vais aller en Écosse pour travailler dans certaines de ses distilleries.

Elle avait rencontré Sean plus de dix ans plus tôt, après avoir laissé la vie universitaire derrière elle. Elle avait d'excellentes notes dans tous les cours, mais apprendre par le biais des livres ne lui convenait pas du tout. Alors, elle avait décidé, plutôt que d'apprendre Lord Byron, Robert Burns, Robert Louis Stevenson et tant d'autres poètes écossais par l'intermédiaire du doctorant qui leur tenait lieu de professeur à la fac d'Austin, de s'envoler jusqu'à la source et d'apprendre autant qu'elle le pouvait par elle-même.

Elle avait officiellement quitté la fac un vendredi, et le lundi suivant, elle montait à bord d'un avion avec un sac à dos, un téléphone, une carte de crédit et absolument rien de prévu au programme. Ça avait été le paradis. Elle avait exploré des villes et des villages, elle avait parlé avec les locaux, elle avait lu de la poésie sur un banc au château d'Édimbourg. Elle avait séjourné dans des auberges de jeunesse et s'était fait des amis parmi les autres étudiants.

Et surtout, elle avait rencontré Sean. Il lui avait prêté vingt livres quand sa carte de crédit avait été refusée, et quand elle l'avait remboursé le jour suivant, il avait utilisé l'argent pour lui faire goûter une variété de whiskies écossais. Elle s'y connaissait un peu en alcool, elle s'était essayée à la distillation à l'université, mais à l'époque, elle buvait principalement du vin. Avec Sean, elle s'était non seulement découvert un goût pour le whisky écossais, mais également un excellent palais. Si talentueux, en fait, que Sean lui avait proposé un travail pour l'été dans sa distillerie, dans les Highlands.

Elle avait accepté, mais à la condition qu'il comprenne que ce n'était pas permanent. Elle était venue en Écosse pour explorer, et c'était ce qu'elle avait l'intention de faire. Cela dit, elle n'était pas contre l'idée d'accepter un emploi pour financer de nouvelles aventures.

Elle avait atterri dans son lit avec la même mise en garde. Son voyage dans les Highlands portait entièrement sur le plaisir, et tout ce qu'elle cherchait, c'était à passer un bon moment.

Après deux mois, elle en savait plus qu'elle ne s'y attendait sur le whisky écossais et encore un peu plus sur les mille et une manières de s'éclater au lit.

Elena fronça les sourcils.

— Alors, est-ce qu'il y a quelque chose entre vous deux ?

— Vraiment pas.

À l'époque, le fort accent de Sean O'Reilly chatouillait ses sens, il lui faisait penser à tous ces hommes sexy en kilt et aux romances historiques qui l'avaient aidée à survivre pendant les années d'angoisse avant que sa mère et son père ne les adoptent enfin, Matthew et elle. Ils avaient passé du bon temps au lit et ils avaient un intérêt commun pour le bon whisky, mais c'était à peu près tout. Ce n'était qu'une aventure savoureuse, il y avait des années de cela, et Selma mettait un point d'honneur à ne jamais regarder en arrière. Pourquoi le ferait-elle alors que le monde était rempli d'une telle variété de délicieuses opportunités ?

— Est-ce qu'*il* le sait ?

Selma pouffa.

— Évidemment. Est-ce que tu m'as déjà vue timide ? Et puis, il m'a dit qu'il était avec une fille du coin. Mais il m'a assuré que je ne manquerais pas de superbe compagnie écossaise.

Elena leva les yeux au ciel.

— Les Highlanders et ce qu'il y a sous leurs kilts mis à part, pourquoi vas-tu en Écosse pour travailler dans une distillerie alors que tu en as une en plein essor ici ?

— Alors, voilà, c'est la seconde partie. Je vends Molosse.

Elena renversa presque son verre.

— Tu *vends* Molosse ? Maintenant ? Tu es sur le

point de percer. Des restaurants dans une douzaine d'États achètent ton bourbon. Pourquoi ferais-tu une chose pareille ?

— C'est exactement ma question.

La voix profonde arrivait de l'autre côté du bar vide et Selma se retourna sur sa chaise pour voir Tyree Johnson arriver, parcourant la distance qui les séparait à grandes enjambées. Grand homme au crâne rasé, à la barbe bien taillée et à la peau aussi noire que celle d'Elena, Tyree semblait habiter la pièce. Ses larges épaules et son torse imposant auraient été intimidants si une réelle gentillesse n'émanait pas de lui.

— Dis-moi que j'entends des voix.

— Non, dit-elle résolument. C'est la meilleure décision. *Ma* décision.

Elle le vit croiser le regard d'Elena. Pour deux personnes qui ne s'étaient pas rencontrées jusqu'à tout récemment, quelques mois à peine, ils avaient une grande complicité, sans mentionner leurs traits semblables. Mais ce qui fit sourire Selma quand ils échangèrent un regard, ce fut la grande affection qu'il vit dans les yeux de Tyree. À cette même époque, l'an dernier, il ne savait pas qu'il avait une fille. Maintenant, la seule expression de son visage montrait à quel point il l'adorait. Sans mentionner la mère d'Elena, Eva, dont il était retombé amoureux après une séparation de plus de vingt ans.

Si elle n'était pas aussi troublée par leurs réactions négatives à propos de son nouveau projet de vie, Selma se sentirait un peu sentimentale en cet instant.

Dans l'état des choses, elle était sur des charbons ardents. Comme si elle devait justifier ses décisions. Bien sûr, personne ne l'exigeait, mais apparemment, elle allait le faire, parce qu'elle frappa sur la table pour avoir leur attention.

— Eh, dit-elle quand ils la regardèrent. Ne me découragez pas, d'accord ? Je sais ce que je fais et je suis en extase à propos de cette offre. Je vais me faire beaucoup d'argent avec la vente, la marque que j'ai créée va continuer à vivre et je vais avoir la liberté de faire des choses excitantes. Comme aller travailler pendant quelques mois en Écosse. Ensuite, je travaillerai peut-être dans les vignes en France. Ou je prendrai des leçons de peinture. Ou de voile à Monaco, de français à Nice. Le monde entier sera mon terrain de jeu. Comment cela pourrait-il être une mauvaise chose ?

Pendant un moment, Tyree ne dit rien. Puis il prit une chaise à une autre table pour la rapprocher. En s'asseyant, il posa sa main sur les siennes. Sa grande paume les recouvrait complètement.

— Ce n'est pas une mauvaise chose, répondit-il. Et je suis content d'entendre que tu y as réfléchi.

— C'est le cas, dit-elle, un peu sur la défensive. Je ne m'attendais pas à ce que Molosse se développe autant et aussi vite. J'ai toujours pensé que j'aurais la liberté de m'absenter quelques mois, prendre de longues vacances, ce genre de choses.

Tyree hocha lentement la tête.

— Logique. En même temps, c'est un témoignage de ton talent. Tu as fait de cette distillerie quelque chose dont tu peux être fière.

— Et j'en suis fière. Tout comme tu es fier du *Fix*.

Elle parcourut des yeux le bar, avec son intérieur texan rustique. La salle principale, vide en ce moment, accueillait des douzaines de tables disposées de manière stratégique, le long bar et ses étagères en verre offraient un étalage de bouteilles, y compris celles de sa propre distillerie.

Tyree avait rénové la propriété et ouvert le *Fix* sur la 6e Rue six ans plus tôt, et l'établissement devenait un incontournable à Austin. Selma savait qu'il avait été sur la corde raide pendant un moment, mais maintenant qu'ils organisaient un concours toutes les deux semaines, elle était presque certaine qu'il était de retour dans le vert. Et elle l'espérait. Elle aimait ce bar et elle serait triste qu'il ferme ses portes.

Pour être tout à fait honnête, une fois qu'elle aurait vendu sa distillerie et qu'elle aurait déménagé en Écosse, Selma savait que cet endroit lui manquerait. Ce qui ne voulait pas dire qu'elle avait envie de trop s'y attacher, pas plus qu'à sa propre entreprise.

— Tu as fait des merveilles ici, dit-elle à Tyree. Tu voulais tellement sauver cet endroit, et tu as réussi avec brio.

Récemment, le bar avait traversé des difficultés financières. Le concours du calendrier faisait partie d'un plan visant à lui faire remonter la pente.

— Nous n'y sommes pas encore, répondit-il, mais je pense que c'est en bonne voie.

— J'en suis certaine, lui assura Selma. Après t'être battu si fort pour ce que tu as créé, je peux comprendre pourquoi tu me trouves folle. Mais je ne suis pas prête à me caser. Que ce soit avec un homme ou ma carrière.

Elle haussa une épaule.

— Je suis une feuille qui se laisse porter par le vent et je veux voir où la brise me mènera. En plus, ajouta-t-elle avec un sourire suffisant, l'offre vient d'une grande entreprise cotée en bourse, qui possède beaucoup de labels. Ils vont garder ma marque et me payer généreusement.

Pendant une fraction de seconde, elle pensa que Tyree allait objecter, mais il hocha la tête.

— Je comprends.

— Ça veut dire que tu vas m'aider ?

À ces mots, il fit la grimace.

— Je ne comprends pas vraiment comment, mais si je le peux, je le ferai.

— C'est pour ça que je suis venue ce matin. J'ai besoin d'un avocat pour gérer la vente de la distillerie. Et toutes les personnes à qui j'ai parlé me suggèrent le même homme. Je voulais savoir qui tu me recommanderais.

— Alors, je ne sais pas vers qui on t'a dirigé, mais si c'était moi, je m'adresserais à Easton Wallace.

Les joues de Selma lui firent mal tant son sourire était radieux.

— En fait, il semblerait que ce soit le favori perpétuel. J'ai entendu dire qu'il allait se présenter pour les prochaines élections. Étant donné sa popularité, j'imagine qu'il va gagner.

De l'autre côté de la table, Elena fronça les sourcils.

— Mais il n'est pas populaire auprès de toi ?

— Oh, non, ce n'est pas ça. Easton est génial.

Elle sentit une chaleur sur sa nuque et elle espéra

ne pas trop rougir. Puisqu'elle rougissait rarement, ce serait particulièrement gênant.

— Disons qu'on se connaissait quand il était en fac de droit. Et je sais qu'il s'entraîne dans la salle de Matthew, ajouta-t-elle en faisant référence à son frère, propriétaire d'une salle de sport dans le coin. Je me disais que ce serait peut-être mieux de ne pas avoir un avocat que je connais. C'est vrai, j'ai des idées très arrêtées. Et s'il n'était pas d'accord avec les points que je souhaite soulever ?

C'était une question légitime, mais elle craignait surtout de ne pas pouvoir prêter une attention suffisante aux questions juridiques. Selma avait une politique stricte de non-retour avec les hommes. Mais elle avait quitté Easton beaucoup trop tôt. Elle le savait, parce que même après toutes ces années, elle ne l'avait pas oublié. Ni lui ni toutes les vilaines choses qu'il avait faites à son corps, la nuit qu'ils avaient passée ensemble.

Tyree balaya ses préoccupations d'un geste, ou du moins, en ce qui concernait l'aspect juridique de la chose.

— Ce ne sera pas un problème. Easton est un vrai professionnel. Il te donnera son point de vue, mais il se battra pour l'offre que tu souhaites tant qu'elle est légale et légitime. Je l'ai embauché à plusieurs reprises. Crois-moi, c'est l'homme de la situation.

C'était précisément le problème. Elle avait toujours envie d'Easton. Il lui avait laissé une certaine démangeaison qu'elle mourait d'envie de gratter. Une démangeaison qui était certainement liée à son départ prématuré. C'était insistant, lancinant, et pour une fois, elle était tentée d'enfreindre sa propre règle.

À bien y penser, elle était sur le point de s'envoler pour l'Écosse. Peut-être, après tout, pouvait-elle s'offrir un départ en fanfare.

DEUX

— Dix jours. Deux semaines maximum, dit le juge
Desmond Coale de la cinquième circonscription de
la Cour d'Appel, caressant sa barbe grisonnante alors
que ses profonds yeux gris, toujours affûtés malgré
ses quatre-vingts ans passés, se concentraient sur
Easton. Il suffit de prêter un peu attention pour
savoir que tu seras dans la course, mais nous voulons
quand même nous montrer prudents pour l'annonce
officielle. Il y a un avantage à être le premier dès le
départ. Nous le savons tous les deux.

— En effet, approuva Easton.

Il se sentait un peu comme un jeune diplômé de
vingt-quatre ans, et non pas l'avocat accompli de
trente-cinq ans qu'il était devenu.

Suffisamment accompli pour avoir un bureau

d'angle dans l'un des plus grands cabinets du Texas, si ce n'est du pays. S'il n'était pas encore associé, ce n'était pas par manque de savoir-faire ni d'invitations. Il préférait rester un simple salarié pour ne pas avoir de liens formels avec un cabinet en particulier, en prévision du jour où il se jetterait dans l'arène pour l'élection au Tribunal dans le district de Travis.

Pour le moment, il était dans son bureau, tourné vers la baie vitrée donnant sur Congress Avenue en contrebas, qui s'étendait vers le bâtiment du Capitole du Texas. Qui sait ? Peut-être qu'un jour, il siégerait là-bas pour assister à une session des législatives. Certainement, même. Si le juge Coale atteignait son but, Easton l'atteindrait aussi. Son mentor ne lui avait jamais fait défaut.

Il tourna le dos à la fenêtre pour regarder son ami, également conseiller et ancien patron. Le juge était assis dans l'un des fauteuils en cuir destinés aux clients, devant l'imposant bureau d'Easton, vierge de tout objet à l'exception d'un bloc-notes jaune. Pour Easton, un bureau encombré signifiait que l'esprit l'était aussi, sans mentionner une vie dispersée. Il tirait fierté d'être un homme direct, et très concentré.

Le juge remonta ses lunettes demi-cerclées sur l'arête de son nez.

— Si nous sommes tous les deux d'accord pour

dire que tu devrais être le premier à t'annoncer comme candidat, alors dis-moi pourquoi tu continues à te cacher ?

Easton faillit éclater de rire. C'était l'une des raisons qui avaient fait la réputation du juge Coale à la Cour d'Appel : il n'allait pas par quatre chemins. Et c'était aussi pour cela qu'Easton le considérait autant comme un ami que comme un grand-père de cœur.

— Je n'avais pas remarqué que c'était ce que je faisais.

— Ne joue pas au plus malin avec moi, mon garçon. Tu es devenu un excellent joueur de poker, mais je suis toujours meilleur que toi.

— C'est vrai, approuva Easton en cachant son sourire.

— Nous travaillons là-dessus depuis le jour où tu es entré dans mon bureau, gonflé à bloc et prêt à sauver le monde, un procès à la fois.

— Je ne peux pas te contredire. Sauf peut-être pour le gonflé à bloc.

Le juge ricana.

— Tu avais vingt-quatre ans et tu étais certainement doué pour la jurisprudence. Honnêtement, tu avais peut-être raison. Tu es l'un des meilleurs avocats que j'aie pu croiser. Et ces premières années au bureau du procureur étaient une tactique intelligente. Mais je suis heureux que tu sois devenu plus stratège avec tes dossiers. Si ton chemin t'emmène là où je suis, et je vais être honnête, je pense que tu as ce qu'il faut pour être juge fédéral, alors tes connaissances sont aussi importantes que ton savoir juridique. Tu ne peux pas te faire élire si tu passes inaperçu.

— Je suis d'accord. La première étape est de devenir juge.

Easton avait voulu devenir avocat à l'âge de treize ans quand il avait vu ses parents ouvriers tout perdre, y compris leur maison, parce qu'une grande entreprise avait débarqué en réclamant une expropriation des terres en périphérie de sa petite ville, dans le nord-ouest.

Bien que l'expropriation ne doive pas s'étendre pour forcer la vente de propriété à des fins commerciales, l'affaire avait été conclue. Le gouvernement avait acheté le terrain et l'avait loué à l'entreprise.

Ses parents, qui avaient une hypothèque à long terme sur une partie des terres où ils possédaient un kiosque à hamburger populaire, avaient vu leur commerce démoli sans le moindre recours possible. Ils avaient tout perdu à la suite de cette débâcle, y compris la maison dans laquelle Easton avait grandi.

Ils avaient passé tout le reste de leur vie à s'en relever.

C'est à ce moment-là qu'Easton avait décidé de devenir avocat à tout prix. Il avait recherché un stage judiciaire auprès d'un juge fédéral avec une énergie sans faille, sachant que les contacts et le savoir-faire, sans parler du prestige du poste, seraient des atouts pour l'avenir. Après un passage de deux ans avec le juge Coale, il avait concentré son attention sur la criminelle, sachant qu'il ferait de meilleures études en tant qu'avocat s'il plaidait dans le monde dynamique de la criminelle. Il s'était ensuite orienté vers le cabinet d'avocat de taille moyenne où il travaillait actuellement, pour être exposé à différentes pratiques de la loi. Son but ultime était d'ouvrir son propre cabinet et de se spécialiser dans le travail avec les plaignants pour aider des gens comme ses parents, véritables David face à des entreprises comme Goliath. Le rôle d'Easton serait celui de la pierre qui renverse le géant.

Le chemin était donc tout tracé depuis qu'il avait treize ans et il y avait avancé consciencieusement jusqu'à ce qu'il rencontre le juge Coale. Ce dernier l'avait invité à dîner, deux ans plus tôt, plantant en lui les graines du pouvoir judiciaire. Ce n'était pas quelque chose auquel Easton avait pensé au départ, mais il n'y avait aucun doute qu'un juge avait de l'influence, dans son tribunal, mais également en dehors. Y avait-il un meilleur moyen d'aider les gens comme ses parents que d'être l'arbitre sur leur dernier champ de bataille ?

Alors il avait accepté la proposition du juge. Ce dernier s'assurerait qu'Easton rencontre les bonnes personnes et qu'il franchirait les bonnes étapes afin d'obtenir sa place. Et le juge savait de quoi il parlait. Il avait commencé sa carrière en tant que juge des successions, puis il avait gravi les échelons jusqu'à devenir juge de la Cour Suprême avant de recevoir une invitation présidentielle pour occuper le poste fédéral de la cinquième circonscription de la Cour d'Appel. Avec ce genre de références, Easton pensait qu'il ne pourrait pas trouver de meilleur mentor.

Pour le moment, il prévoyait de tenter de gagner le siège du nouveau district du comté de Travis nouvellement créé au cours de la dernière session législative. Puisque c'était une ouverture de siège, il ne devrait pas concourir face à quelqu'un déjà bien implanté, et pour le moment, sa campagne au goutte à goutte se portait bien. Il avait obtenu beaucoup de soutiens d'acteurs clés de la ville, à l'intérieur et à l'extérieur du milieu juridique.

Maintenant, il devait seulement continuer sur sa lancée.

— Qu'as-tu à l'agenda pour le reste de la semaine et celle qui arrive ? demanda le juge. Faisons en sorte que tu sois vu partout pendant une dizaine de jours, ensuite tu valseras entre les bureaux juridiques du comté et tu feras ton annonce officielle à partir de mardi dans deux semaines. Nous pouvons glisser quelque chose à l'oreille des journalistes pour que l'*Austin Chronicle* et l'*Austin American Statesman* puissent tous les deux publier quelque chose.

— Le *Daily Texan* aussi, mentionna Easton en pensant au journal quotidien de l'Université du Texas. Il ne faut pas oublier l'importance des nouveaux électeurs. Surtout que je suis l'un de leurs diplômés.

— J'aime ta façon de penser.

— Tu as raison. C'est toi qui m'as formé.

L'interphone d'Easton sonna, et un instant plus tard, la réceptionniste du trentième étage se fit entendre sur la ligne.

— Une femme désire vous voir, annonça Sandra. Elle se présente comme une vieille amie et elle a des problèmes contractuels dont elle voudrait vous parler.

— Vous a-t-elle donné son nom ?

— Jean, répondit-elle. Jean Rockwell.

Easton regarda le juge, puis il haussa les épaules.

— Le nom ne me dit rien, mais dites-lui que je suis en réunion et que je la recevrai dans une minute.

Elle acquiesça et la communication fut coupée.

— Je devrais certainement me remettre au travail. J'ai apprécié ce déjeuner, en tout cas.

Il jeta un œil aux restes des plats à emporter de chez *Franklin Barbecue*, toujours disposés sur la petite table de conférence. Le restaurant de grillade populaire de l'est d'Austin, avec ses files d'attente à n'en plus finir, était devenu une destination pour les célébrités et les politiciens, jusqu'au président Obama et Kanye West. Comment le juge Coale avait-il réussi à obtenir des plats à emporter sans attendre six heures, c'était impossible à dire.

— Nous reparlerons bientôt, dit-il en se levant. Ta semaine est bien remplie ?

— Demain matin, je suis à Dallas pour une déposition, ensuite j'ai un gala de charité à l'Opéra d'Austin dans la soirée. Vendredi, je dîne avec le sénateur Todd. Samedi soir, j'ai mon discours pour l'alphabétisation des adultes au Ranch Exotic Game.

— Et dimanche ?

— Je vais boire un verre avec un ami, l'informa Easton avant de lever la main. C'est le propriétaire d'une salle de sport et il connaît presque tout le monde en ville. Je ne vais pas lui demander spécifiquement de parler en ma faveur, mais c'est un bon ami et je sais qu'il le fera sans que je le lui demande.

— Alors, surtout, ne le laisse pas tomber.

Easton se tapa le nez.

— Exactement.

— Et ce soir ?

— J'ai quelque chose, répondit-il.

Le juge hocha la tête.

— Préparation pour la déposition, bien sûr.

Ce n'était pas le projet d'Easton, mais il ne prit pas la peine de corriger son mentor. Le juge n'estimerait certainement pas qu'assister au concours de l'Homme du Mois de cette semaine au *Fix* serait un événement approprié pour sa candidature. Le bar appartenait à son ami et client, Tyree Johnson, et Easton était ami avec beaucoup de clients et d'employés du bar. Y compris l'inspecteur Landon Ware et Taylor D'Angelo, la femme que Landon protégeait. Puisqu'Easton avait suggéré à Landon de s'inscrire au concours en tant qu'appât pour attraper l'harceleur de Taylor, il devait au moins faire une apparition.

Il avait même vu Selma Herrington là-bas à quelques reprises. Si ce n'était pas de la torture, ça ? Plus de dix ans s'étaient écoulés, mais parfois quand il s'endormait, il frissonnait toujours au souvenir du contact de sa peau et de son corps sur le sien, sans parler de la magie qu'elle opérait avec sa délicieuse bouche chaude.

Le juge enfila sa veste bleue.

— Et qui t'accompagne à la levée de fonds et au gala ?

Easton s'éclaircit la gorge, espérant chasser les souvenirs qui le rendaient dur de manière inconvenante. Une femme comme Selma serait intéressante, et dangereuse, si on la voyait à son bras.

De toute manière, cela n'arriverait pas. Premièrement, Easton n'était pas stupide. Il savait que prudence était synonyme de victoire. Il ne faisait jamais rien si l'objectif n'était pas de gagner.

De plus, Selma avait disparu après qu'ils eurent partagé la plus merveilleuse des nuits qu'il ait jamais passée avec une femme. Un détail qui l'avait rendu furieux à l'époque.

Il était passé à autre chose, depuis, mais il ne voulait pas renouer le contact et lui demander de sortir avec lui si c'était pour se faire jeter à nouveau. Il risquait de devenir fou.

— En fait, je pensais y aller seul.

Easton garda un ton posé. Le juge et lui avaient déjà abordé ce sujet auparavant.

— Je ne te demande pas de te marier, mais être accompagné t'apporte une sorte de joker. Si quelqu'un commence à te poser des questions délicates, elle peut habilement orienter la conversation. Si tu es coincé, elle peut te faire signe de l'autre côté de la pièce. Crois-moi, mon garçon, une compagne compétente peut être l'un de tes meilleurs atouts dans une élection. Et qui sait où cela pourrait te mener ? Regarde Deborah et moi !

Le juge et sa femme s'étaient rencontrés quand le sénateur, mentor du juge Coale, lui avait suggéré de se faire accompagner par sa fille lors de ses différents galas dans le cadre de ses fonctions locales. Easton devait bien admettre qu'ils formaient un couple parfait.

Cela dit, il ne voyait personne qui lui correspondrait de la même manière dans son entourage, comme il l'avait précisé au juge à plusieurs reprises.

— Vas-y avec Marianne, avança-t-il en pensant à une autre avocate du cabinet, s'attendant visiblement à ce qu'il suive son conseil. Tu as besoin d'une personne qui présente bien et qui sache s'exprimer. Une personne qui sait tenir une conversation et qui sait éviter les dangers de certains sujets délicats en politique.

— Oui, mais Marianne est...

— Elle est parfaite, mon garçon. Et ne me dis pas qu'elle ne t'intéresse pas. Ce n'est pas la question. C'est un jeu, comme tu le sais. Tout comme *elle* le sait. Elle ne s'attendra pas à ce que tu l'épouses. Elle a assez de jugeote pour comprendre qu'en sortant avec toi de manière épisodique, elle obtient le droit de faire appel à toi plus tard.

— Je ne veux...

Le juge Coale leva les mains.

— Je ne peux pas te dire quoi faire, mon garçon. Je peux seulement te dire ce que tu *devrais* faire. C'est ton choix de jouer le jeu, de la bonne manière ou non.

Easton réussit à ne pas sourire.

— Subtil.

— Je fais de mon mieux. Maintenant, je vais aller voir ce que fait Jordan ces temps-ci, dit-il en parlant du plus vieil associé du cabinet en ouvrant la porte.

— Comme toujours, ce fut un plaisir.

— Nous reparlerons bientôt, dit le juge en s'éloignant dans le couloir comme s'il lui appartenait, alors qu'Easton empruntait la direction opposée vers la réception.

Il franchit la porte en adressant un signe de tête à Sandy. Son attention fut aussitôt attirée par la femme en jean moulant et chemisier jusqu'à la taille. Elle regardait de l'autre côté, et heureusement, parce qu'il était hypnotisé. Elle avait de longues jambes fines, un fessier en forme de cœur qu'il lui tardait de toucher et des cheveux dont les pointes étaient teintes en bleu, d'apparence si souples qu'il pouvait presque imaginer la sensation sur sa peau.

Ce fut lorsqu'elle se pencha en avant pour prendre un magazine sur la table que son cœur cessa presque de battre. Son chemisier se souleva, révélant le bas de son dos... Et un tatouage complexe, une chaîne parsemée de roses. Certaines ouvertes, d'autres en bouton et d'autres encore fanées sur le lierre.

Sa peau s'embrasa. Il avait désespérément besoin d'un verre d'eau.

Il connaissait ce tatouage.

Cette femme n'était pas du tout Jean Rockwell. Comme s'il l'avait dit à voix haute, elle se retourna et il rencontra les yeux verts malicieux de Selma Herrington.

— Bonjour, Easton.

Sa voix, rauque, sensuelle et dangereusement familière, glissa sur lui, et il sentit son sexe se dresser aussi efficacement que si c'était le plus puissant des aphrodisiaques.

— Ça fait très longtemps.

TROIS

Easton n'avait jamais été aussi heureux d'être apparu dans de si nombreuses cours de justice et devant autant de juges, en des circonstances aussi diverses. Non seulement ces heures lui avaient donné l'expérience pour faire de lui l'avocat qu'il était aujourd'hui, mais cela lui avait aussi permis de se construire un masque de joueur de poker.

Ce qui était un atout non négligeable en pareil cas.

— Madame Rockwell, dit-il en tendant la main. C'est une bonne chose que vous ayez laissé votre nom à la réception. Je ne crois pas que je vous aurais reconnue autrement.

— Vraiment ? Parce que vous, vous n'avez pas du tout changé.

Selma était le genre de personne qui avait un sourire presque radioactif. Elle lui en adressa un et il se laissa baigner dans sa chaleur. Son regard passa sur lui, si lentement et avec préméditation qu'il dut résister à l'envie de l'attirer à lui et la mettre au défi d'utiliser ses mains plutôt que ses yeux.

Elle s'attarda sous sa taille au cours de son inspection et perdit presque tous ses moyens quand elle passa les dents sur sa lèvre inférieure avant de relever le visage pour darder sur lui un regard de braise.

— Je retire ce que j'ai dit, lança-t-elle. Vous êtes exactement pareil. En mieux.

Oh, et puis merde. La seule pensée qui lui vint à l'esprit, ce fut qu'il était heureux de tourner le dos à sa secrétaire, l'empêchant ainsi de voir sa réaction.

Maintenant, il allait devoir lui faire quitter la réception avant qu'elle fasse ou dise quelque chose de stupide. Il avait oublié combien c'était difficile de se comporter normalement en présence de Selma Herrington. Peut-être était-ce parce que tout le sang qui irriguait son cerveau se retrouvait maintenant dans une zone plus au sud.

Il s'éclaircit la gorge et se concentra pour rester professionnel. Il fit aussi un pas en arrière.

— C'est merveilleux de vous revoir, mais je suis

désolé de vous annoncer que je ne prends plus de nouveaux clients. Je serai très heureux de vous raccompagner, cependant, et nous pourrons discuter en chemin.

— Ou peut-être que nous devrions discuter dans votre bureau, et vous me recommanderez quelqu'un d'autre. J'ai un contrat sur le feu et c'est urgent.

Elle pencha la tête, plissant un peu les yeux comme pour le jauger.

— Sauf si vous n'arrivez pas à gérer la pression, ajouta-t-elle.

Elle pinça les lèvres. Il était certain qu'elle se retenait de rire.

— Pour me recommander quelqu'un qui pourrait vous remplacer, je veux dire.

Ce fut son tour de sourire.

— Madame Rockwell, je vous assure que personne ne peut me remplacer, mais je veux bien vous aider à trouver le second sur la liste.

Il hocha la tête en direction de Sandy, qui heureusement ne semblait pas avoir conscience de ce qui se passait, puis guida Selma dans le couloir vers son bureau, refermant la porte derrière lui.

— Un bureau d'angle, dit-elle en se dirigeant vers la fenêtre, derrière son bureau, entrant ainsi dans ce qu'il considérait comme son espace personnel. Et avec une vue superbe. Tu as fait un bon bout de chemin dans le monde.

Il s'approcha, empiétant volontairement dans son espace personnel à elle. Cela ne semblait pas la déranger.

— J'ai travaillé dur, répondit-il. Ça a payé.

Il se campa devant elle, si proche qu'il pouvait sentir une touche de vanille. Les souvenirs viscéraux qui remontèrent lui donnèrent presque envie de la plaquer contre la baie vitrée et de poser sa bouche sur la sienne.

Heureusement, il avait plus de maîtrise de soi. Au lieu de ça, il dit :

— J'ai peut-être un bureau d'angle, mais tu t'en sors plutôt bien, toi aussi. J'ai entendu parler de Molosse. Tu as bâti une belle entreprise.

— Oui.

Elle commença à reculer comme si elle n'était pas à l'aise, mais elle n'avait nulle part où aller. Elle était seulement à quelques centimètres de la fenêtre qui surplombait le centre-ville d'Austin.

Easton se demanda brièvement si elle était gênée à cause de sa proximité ou à la mention de sa distillerie, mais il n'avait pas besoin d'une réponse tout de suite. Il insista.

— Je t'ai croisée à quelques reprises depuis notre nuit, mais seulement récemment. Au *Fix*. Une fois sur Congress Avenue. Une fois à la salle de sport Herrington. Mais pas à l'époque. Je ne t'ai pas aperçue une seule fois pendant des années après cette nuit-là.

Avant de passer à l'acte, ils avaient passé presque trois soirées consécutives à parler et flirter dans un bar local qui avait fait faillite il y a des années. Ensuite, il lui avait proposé de la raccompagner là où elle faisait du gardiennage, et ils avaient fini nus sur le canapé, sans atteindre la chambre avant l'aube, bénéficiant tous les deux d'un second souffle spectaculaire.

Puis elle avait disparu.

— Tu as réussi à quitter mon monde sans laisser la moindre trace. Astuce pratique.

— Pas vraiment une astuce, répondit-elle avec légèreté. Après tout, je parie que tu n'as pas fait vraiment d'efforts pour me retrouver. Un étudiant en droit sexy, devenu l'assistant du procureur avant d'être un puissant avocat. Je parie que même à l'époque tu avais accès à une flopée d'enquêteurs. Si tu l'avais voulu, quelqu'un aurait retourné la bonne pierre. Mais tu avais d'autres choses à l'esprit.

Elle croisa son regard avec défi. Il devait admettre

qu'elle marquait des points. Il se plongea dans ses yeux, y cherchant des regrets. De la culpabilité. Il n'y vit qu'une femme aussi solide, polie et impénétrable que lui.

Elle avait raison aussi. Il ne l'avait pas vraiment cherchée. Il l'avait regretté en comprenant ce qu'elle voulait dire par « pas de second rendez-vous ». Plus de rencontres décontractées. Il était toutefois déterminé à obtenir son diplôme en étant major de promotion. Le sexe était la dernière chose qu'il avait à l'esprit. Et, honnêtement, si Selma avait été dans les environs, cela aurait été difficile à oublier.

— Certainement, admit-il. J'avoue que c'était plus facile d'étudier sans distraction.

— J'étais une distraction ?

Il fit un autre pas vers elle.

— Je crois que tu connais la réponse à cette question. Nous nous sommes connus combien de temps ? Trente-six heures ? Tu as été l'aventure la plus folle, la plus rapide et la plus sensuelle que j'aie jamais eue. Ensuite, tu as tiré sur la prise et tu es partie.

Elle pencha la tête. Quand elle parla, sa voix était suave.

— Il semblerait que tu me désires toujours.

Bien sûr, mais il se contenta de répondre :

— Je ne suis plus l'homme que j'étais à l'époque.

— Ah bon ?

Elle se rapprocha. Il pouvait sentir sa chaleur, et il s'en souvenait. Combien sa peau était chaude contre la sienne. Selma était une vraie bouillotte, la définition vivante d'une femme au sang chaud.

— Alors, si tu me disais quel type d'homme tu es aujourd'hui ?

Il fit consciemment un pas en arrière.

— Je sais faire la différence entre le désir et la volonté. Aujourd'hui, la seule chose que je veux, c'est savoir pourquoi tu as disparu.

— Et la seule chose que moi, je veux, c'est ton aide. Je me demande si nous allons tous les deux obtenir ce que nous voulons.

Son sourire était sexy.

Il la dévisagea, mais il n'avait aucune idée de qui elle était maintenant ni de ce qu'elle faisait ici. S'il voulait en savoir plus, il allait devoir lui poser la question.

— D'accord. Dis-moi ce qui t'amène. Je ne promets pas de t'aider, mais je vais t'écouter.

— Merci...

— À une condition.

— Je ne fais pas ce genre de choses.

— Alors, nous sommes dans une impasse.

Elle le regarda, comprit qu'il pensait ce qu'il disait, puis elle haussa les épaules.

— Quelle est ta condition ?

— Je te l'ai déjà dit. Je veux savoir pourquoi tu as disparu.

L'inclinaison de sa tête était presque imperceptible.

— Je suis surprise, monsieur l'avocat. Je pensais que, dans la profession, ce n'était pas avisé de dévoiler son jeu.

— Comme je le disais, l'homme avec qui tu as couché n'existe plus, mais cela ne veut pas dire que celui qui reste n'est pas curieux.

— Je te le dis et tu m'aideras ?

— J'ai dit que j'allais t'écouter, clarifia-t-il. C'était la proposition.

Cette fois, quand ses lèvres se pressèrent, il n'y avait rien de séducteur ni d'artificiel. Elle réfléchissait. Enfin, elle dit :

— Honnêtement ? Je t'appréciais trop.

Il ne s'attendait pas à cela.

— Quoi ?

— Tu m'as entendue.

— Qu'est-ce que ça peut bien vouloir dire ?

— Exactement ça.

— Pourquoi serais-tu partie parce que tu m'appréciais trop ?

Maintenant, elle riait.

— Désolée, monsieur l'avocat. Contrepartie, tu te souviens ? Je t'ai donné ma part, maintenant c'est ton tour.

Il pensa objecter, mais c'était lui qui avait établi les règles. Elle ne faisait qu'en jouer.

— Bon, dit-il en regardant le siège de l'autre côté de son bureau avant de lui faire signe de s'installer.

Elle hésita, puis s'exécuta.

— On m'a fait une offre pour acheter ma distillerie. Une très belle offre, ajouta-t-elle.

Lorsqu'elle lui annonça le montant, il siffla.

— J'aimerais que tu négocies pour moi.

— Pourquoi moi ?

— Je veux le meilleur. Ton nom est constamment mentionné.

— Je suis flatté, mais je vais être honnête. Si c'est leur offre définitive, tu n'as pas besoin du meilleur. Tu as seulement besoin de quelqu'un de compétent. Parce que cette entreprise veut ta marque et ils feront presque tout ce que tu demandes pour l'obtenir.

— Peut-être. Mais je n'aime pas faire les choses à moitié. Quand je fais les choses, c'est complètement.

— Foutaises.

Ses yeux s'agrandirent et même Easton fut surprise de l'avoir dit.

— Pardon ?

Merde. Il se demanda ce qu'il devait dire, puis il décida de se jeter à l'eau.

— Toi et moi, c'était à moitié.

Selma fit un demi-sourire.

— De ton point de vue, mais pour moi, j'ai eu exactement ce que je voulais de la manière dont je le voulais, répliqua-t-elle en croisant son regard, le soutenant longuement. Rapide, torride et dépravé. Et ne crois pas que tu étais le seul. Parfois pour une nuit. Parfois pour une semaine. Parfois pour un mois. Tu as peut-être tiré la paille la plus courte, mais je t'ai déjà dit pourquoi. Honnêtement, tu devrais être flatté. Si tu as cru qu'il y aurait plus qu'un coup d'un soir, alors c'est que tu as mal interprété les choses. Ce n'était pas ma faute. Et comme ça remonte à plus de dix ans, tu sembles bien accroché à ce sujet.

Elle pencha la tête.

Elle avait raison. Dès qu'il avait vu ce tatouage de roses entremêlées, il avait senti un changement dans l'air. La conscience. Comme l'électricité qui précède un orage. Seulement cette fois, c'était Selma qui était l'orage. S'il n'était pas prudent, elle le renverserait.

— J'essaie seulement de te comprendre, répondit-il en masquant la véritable réponse sous le vernis de la vérité. J'aime les énigmes. Et tu en es une. Mais pour en revenir aux demi-mesures, je n'essayais pas de nous analyser. J'avançais seulement une preuve de contradiction. Tu disais que tu ne faisais rien à moitié, et pourtant tu te détournes de Molosse alors que l'entreprise prend son essor.

— Oui, enfin, pense ce que tu veux, mais tu te trompes complètement.

Cette fois, la chaleur dans sa voix n'avait rien d'enjôleur.

— J'ai touché un point sensible. Désolé.

Les épaules de Selma s'affaissèrent immédiatement.

— Écoute, fais comme si tu venais juste d'avoir ton diplôme. Tes notes étaient géniales, tu es une pépite rare et tu as absolument toutes les cartes en main.

— Ça me paraît bien pour le moment.

— Mais si ce n'était pas ce que tu veux ?

Il pencha la tête, concentré sur le sérieux de sa voix. Il avait le sentiment que, pour la première fois, il allait entrevoir la véritable Selma. Environ dix ans après qu'il eut cessé de s'en soucier.

— Et si tu avais fait la fac de droit sur un coup de tête ? Si tu étais doué, mais après ton diplôme, tu t'étais rendu compte que ça ne t'intéressait pas. Si ce n'était pas ce que tu voulais faire et que tu le savais ?

Il se redressa sur son fauteuil, soudain gêné par l'orientation que prenait la conversation.

— Ce serait vraiment dommage.

— Si tu restais, si tu le faisais quand même, de mon point de vue, *voilà* qui serait faire les choses à moitié. Parce que tu ne serais pas honnête avec toi-même. Je vends la distillerie parce qu'au fond, ce n'est pas mon truc.

— Et c'est quoi, ton truc ?

Elle haussa les épaules, puis lui lança un sourire rayonnant.

— J'essaie toujours de le découvrir. Et j'ai l'intention de prendre du bon temps en attendant.

Alors qu'il prenait en considération ses paroles, elle se leva et fit le tour de son bureau pour s'y appuyer. Il leva un sourcil en la regardant, mais il la laissa faire. Lentement, elle se plaça au centre, juste devant lui, les fesses sur le bureau et les seins à hauteur de ses yeux. Easton s'adossa dans son fauteuil en cuir.

Elle portait des talons aiguilles à bout ouvert, assortis à ses ongles d'orteils. Elle leva un pied pour le poser sur le bord de son siège, entre ses cuisses. Il n'y avait aucun contact entre eux, pourtant ses bourses se contractèrent. Il leva les yeux et ils se fixèrent du regard.

— Du bon temps, répéta-t-elle.

— C'est ce que tu cherches ?

Il lui retira sa chaussure avant de la jeter sur le sol. Lentement, il fit remonter son pied nu vers l'entrejambe de son pantalon de costume.

— Des négociations avec ton acheteur le jour ? Et des négociations plus intimes avec moi la nuit ?

— Serait-ce si terrible ?

— Tu m'as tourné le dos une fois. Pourquoi revenir maintenant ?

— Même réponse.

Elle recroquevilla les orteils et il faillit jouir à ce moment-là.

— Je t'apprécie.

Son sourire devint espiègle alors qu'elle se concentrait sur son sexe, maintenant très visible sous le tissu de son pantalon. Elle leva un sourcil.

— Et je pense que tu m'apprécies aussi.

— Étant donné les circonstances, je ne vais même pas essayer de le nier.

— Bien.

Elle fléchit le pied et il dut faire un gros effort

pour ne pas se lever et la coucher sur son bureau.
Quelques boutons et une fermeture éclair plus tard,
il pourrait être enfoui en elle en quelques secondes. Il
ne pouvait nier qu'il le désirait. Il en mourait d'envie,
même. Sauf s'il se faisait des illusions, elle le voulait
aussi.

Si elle était entrée dans son bureau quelques
années auparavant, il n'aurait pas hésité. Il aurait
verrouillé la porte et il l'aurait prise sans remords sur
ses documents, puis sur la table de réunion et contre
la baie vitrée, avec les gratte-ciel en arrière-plan. Il lui
aurait écarté les cuisses et y aurait enfoui sa tête, une
main sur sa bouche pour étouffer ses gémissements.

Cependant, le Easton de l'époque travaillait d'ar-
rache-pied vers son but : ouvrir son propre cabinet. Il
aurait été plus qu'heureux de passer un moment
débridé pour décompresser.

Le Easton d'aujourd'hui, en revanche, devait
surveiller ses arrières. Et même si avec elle, il rêvait
de renouveler l'expérience, de connaître une relation
stable avec alliance à la clé, une fille aussi indépen-
dante et spontanée que Selma n'était pas ce dont un
candidat pour une élection juridique avait besoin
dans son lit. Ni à son bras.

Avec douceur, il dégagea son pied.

— Je t'apprécie, répéta-t-il, mais ce n'est pas le problème.

Il recula son fauteuil pour se lever sans croiser ses grands yeux étonnés.

— Je suis désolé, dit-il. Je ne prends tout simplement pas de nouveaux clients pour le moment.

QUATRE

À seulement quinze minutes du début du concours de Mister Avril, le niveau sonore au *Fix* atteignait des proportions épiques. À tel point que Selma dut se pencher sur le côté et pratiquement hurler dans l'oreille de son frère :

— Qu'est-ce qu'il lui prend, à Landon, de vouloir se pavaner comme ça sur scène ?

Leur ami, l'inspecteur Landon Ware, était maintenant dans la plus petite salle du bar qui servait de coulisses pour les concours bimensuels de l'Homme du Mois. Bientôt, la maîtresse de cérémonie l'appellerait et il marcherait à grands pas sur le tapis rouge, puis monterait sur la scène où il retirerait sa chemise, banderait ses muscles et essaierait d'amasser un maximum de votes.

— Ça ne lui ressemble pas, mentionna Selma. Il t'a dit ce qu'il se passe ?

— Pas un mot.

— Bizarre.

Elle lança un regard en coin à Matthew, en se demandant s'il gardait le secret de Landon. Ils étaient tous les deux doués pour les secrets, mais les similitudes s'arrêtaient là. Autant elle s'était rebellée quand leur mère biologique les avait abandonnés, autant Matthew avait religieusement suivi les règles. C'était cohérent. Il avait toujours été introverti. Et Selma était aussi extravertie qu'il était possible de l'être.

Pourtant, elle aurait aimé qu'un peu de sa personnalité déteigne sur son frère. Même s'il avait un corps sexy que son business des salles de sport avait sculpté encore davantage, Matthew n'avait pas eu de petite amie depuis des lustres. Non qu'il n'attire pas l'attention des femmes, au contraire. Il ne manquait jamais de rendez-vous, mais c'était rarement sérieux. D'après lui, il était trop occupé à travailler ou à s'entraîner.

C'était peut-être vrai, mais Selma voyait les choses autrement : il travaillait et s'entraînait pour éviter de sortir. C'était un mec super, mais il avait toujours été timide avec les femmes. Alors qu'il sortait de temps en temps, il ne se posait jamais. Tout comme Selma, bien sûr. Elle n'avait aucune intention de se caser avant longtemps. Matthew, en revanche, désirait fonder une famille. Elle aurait aimé pouvoir lui donner une partie de sa vivacité, un brin de folie.

Quant à lui, il espérait sûrement pouvoir exercer sur elle son influence apaisante.

— Tu viens à la salle demain matin, c'est ça ? demanda-t-il d'une voix forte pour couvrir le vacarme.

— Tu me paies le petit-déj ?

— Bien sûr.

— Alors, je serai là.

— Super. Je voulais te parler de quelque chose, et... Oh, ce n'est pas Easton là-bas ? Tu lui as dit que tu voulais vendre la distillerie ?

Elle se tourna pour suivre son regard et sentit ses tripes se nouer de jalousie quand elle vit sa tête penchée tout près de celle de Taylor. Elle ne pouvait pas voir son visage, mais elle n'en avait pas besoin. Ses traits ciselés étaient gravés dans sa mémoire. Elle ne pouvait pas se tromper avec son épaisse chevelure brune ni ses larges épaules, assez fortes pour étreindre fermement une femme.

De quoi parlait-il avec Taylor ? Y avait-il quelque

chose entre eux ? Était-ce pour ça qu'il l'avait repoussée ?

Elle réfléchissait à cette désagréable éventualité quand Cam, le barman, s'approcha. Avec ses yeux bleu-gris sulfureux, pas étonnant qu'il ait remporté le titre de Mister Mars. Il leur demanda ce qu'ils souhaitaient boire.

— Un verre de Molosse, demanda Selma sans aucune vantardise.

Son bourbon était tout simplement le meilleur.

— Ça marche, dit Cam. Et au fait, merci de m'avoir laissé acheter cette caisse au prix coûtant. Mina l'adore, ajouta-t-il en parlant de sa petite amie, que Selma avait rencontrée seulement à deux reprises.

— Ça m'a fait plaisir, lui répondit Selma. J'imagine qu'un barman qui rapporte mon bourbon à la maison, c'est une publicité vivante.

— On peut le dire. Je m'extasie chaque fois en le dégustant. D'après les rumeurs, vous comptez vendre ? Dites-moi que ce n'est pas vrai.

Elle fit une grimace et haussa les épaules.

— Si. Il est temps que je m'envole pour d'autres aventures.

— Merde, alors, lança Cam en faisant signe à un client, quelques sièges plus loin, pour lui faire savoir qu'il arrivait tout de suite. J'adorerais faire un petit stock de caisses avant que quelqu'un ne débarque et ruine votre marque.

Une sonnette d'alarme retentit dans la tête de Selma, mais avant qu'elle puisse répondre, Cam glissa le long du bar pour servir deux martinis.

— Tu crois qu'il le pensait ? demanda-t-elle à Matthew.

Son frère haussa les épaules.

— Une fois qu'on a vendu, on ne contrôle plus rien. Tu n'as pas répondu à ma question. Qu'a dit Easton pour la vente ?

Elle prit une gorgée du bourbon que Cam lui avait versé.

— Oh, ça... Il m'a envoyée sur les roses.

— Est-ce parce qu'il essaie d'obtenir un poste de juge ? Il n'a pas fait d'annonce officielle, mais j'ai entendu beaucoup de conversations à la salle. Tout le monde s'attend à ce qu'il se présente.

— Je pense que oui.

Sa réponse était plus cinglante qu'elle n'en avait l'intention et Matthew lui lança un regard en coin, avec une perspicacité qui la mit mal à l'aise.

Elle se secoua. Qu'il l'ait envoyée balader parce qu'il était trop occupé ou parce qu'il pensait que ce ne serait pas sage de s'associer avec une femme qui ne possédait pas un seul ensemble Chanel, cela revenait au même. Elle n'avait pas d'avocat pour gérer l'affaire qui approchait rapidement.

— Tu sais quoi ? Je vais aller lui parler à nouveau.

— Tu as raison. J'ai entendu dire qu'il rendait service à Taylor. Peut-être qu'il reviendra sur sa décision si tu lui parles devant elle, ça le culpabilisera.

Elle faillit éclater de rire.

— Je ne sais pas, frangin, admit-elle. Continue comme ça et les gens vont commencer à penser que je déteins sur toi.

— Je te rassure, j'ai un quota limité de sournoiserie. Je crois que je viens d'atteindre mon maximum pour l'année.

Après un dernier sourire pour son frère, elle sauta au bas du tabouret avec l'intention de se diriger vers Easton. En même temps, elle se rendit compte que sa boule au ventre de jalousie pure commençait à se dissoudre depuis qu'elle avait appris qu'Easton était l'avocat de Taylor.

— Je veux seulement lui demander quelque chose, mais si je ne suis pas de retour avant que Landon se pavane sur la scène, prends des photos pour moi.

Matthew lui fit signe de déguerpir et elle se dirigea vers les tables du fond, où Easton était assis avec Taylor. Il se tourna dans sa direction et ses yeux s'agrandirent de manière presque imperceptible. Bien qu'il eût des raisons d'être agacé par sa présence, tout ce qu'elle y vit fut la chaleur d'une agréable surprise.

Toutefois, ce fut Taylor qui parla la première, éclatant de rire avant de dire :

— Batgirl ! Je suis désolée, je n'ai pas pu résister. J'ai commencé à t'appeler comme ça la première fois que tu nous as fait une livraison. J'adore ton bourbon.

Elle sourit.

— Merci.

— Tu n'as pas une équipe pour les livraisons ? Tu commences à être connue maintenant.

— J'ai dû céder et embaucher récemment, admit-elle, mais j'aime faire certaines de mes livraisons moi-même. Ça me permet de rester dans le jeu, de rencontrer mes clients.

— Vraiment ?

Easton avait levé les yeux. Elle croisa son regard et y décela une certaine perplexité.

Elle haussa les épaules, curieusement mal à l'aise avec l'intensité de l'examen d'Easton, avant de reporter son attention sur Taylor.

— Je vais t'apporter quelques bouteilles.

— Vraiment ? Ce serait génial.

— Oui, bien sûr. Le bouche-à-oreille est la meilleure des publicités.

— Merci, dit Taylor en souriant, avec une expression qui laissait croire que l'on était le matin de Noël alors qu'Easton, de son côté, semblait songeur.

Selma fronça les sourcils en se demandant si elle ne devait pas tout simplement s'en aller. D'un autre côté, maintenant qu'elle était là, elle ne voulait pas gâcher ses chances.

Elle s'éclaircit la gorge.

— Est-ce que je tombe au mauvais moment ? Parce que j'aurais quelque chose à ajouter sur la question juridique dont on parlait tout à l'heure.

— Oh, dit Taylor. Allez-y. Le spectacle va commencer, de toute façon, et je dois m'asseoir dans mon coin, de toute façon.

— Pourquoi ? s'enquit Selma.

— Oh, pour jouer l'appât, tu vois, répondit-elle en levant une épaule.

— Pourquoi...

— Viens, intervint Easton. Nous allons discuter derrière.

— Que se passe-t-il ? demanda Selma alors qu'Easton la menait dans le couloir sombre conduisant au bureau de Tyree.

— Taylor se fait harceler, répondit-il. Et Landon essaie de pousser le coupable à se dévoiler.

— Oh !

— Je peux te le dire parce que plusieurs personnes au bar sont au courant. Et je l'aide pour autre chose, à côté, au niveau juridique. Elle doit se sortir d'une situation impossible. Je ne peux pas t'en parler. Confidentialité oblige.

Elle s'arrêta devant la porte de Tyree.

— Je ne poserai pas de questions. C'est sympa de l'aider alors que tu n'as que peu de temps.

— Selma...

— C'est seulement...

— Quoi ? demanda-t-il. Je t'ai dit que je ne pouvais pas gérer ce contrat.

— À cause de nous ? Ou à cause de ta campagne ?

— Quelle importance ?

— Aucune, admit-elle, mais j'aimerais quand même savoir. Appelle ça de l'ego.

Ou de la libido. Parce que plus elle était près de lui, plus elle se rendait compte que le travail était secondaire. Non, ce qu'elle voulait, c'était Easton lui-même. Il lui trottait dans la tête depuis trop long-temps. Elle était partie trop rapidement à l'époque.

Maintenant, elle voulait satisfaire son désir avant de sauter dans un avion pour l'Écosse.

Quelques mètres plus loin, la porte de Tyree s'ouvrit d'un seul coup, projetant un faisceau de lumière entre eux. Ce dernier la regarda, puis passa à Easton.

— Vous allez regarder le spectacle ?

— Nous devons clarifier un point juridique, dit Easton. J'arrive après.

— D'accord, fit Tyree en s'éloignant dans le couloir pendant que Beverly Martin, une étoile montante du cinéma qui jouait le rôle de maîtresse de cérémonie, commençait sa présentation.

— Pourquoi sommes-nous ici ? demanda Easton.

Sans avoir prémédité son geste, Selma fit un pas vers lui, se dressa sur la pointe des pieds et posa sa bouche sur la sienne.

Au début, il ne réagit pas et elle eut peur qu'il la repousse. Puis il ouvrit les lèvres et sa langue s'aventura dans la bouche de Selma, chaude et exigeante. Les bras d'Easton entourèrent sa taille, la serrant contre lui jusqu'à ce que leurs corps soient collés l'un à l'autre, ses seins pressés sur son torse et le sexe d'Easton bien dur contre son bas-ventre.

Elle s'était changée pour venir au concours, un débardeur en soie avec une mini-jupe en jean qu'elle avait assortie avec des bas de soie à la mode cubaine et un porte-jarretelles.

La main d'Easton se glissa sous sa jupe et son autre paume, au bas de son dos, lui fit perdre l'esprit. L'instant d'après, il descendait vers ses fesses... Elle était certaine qu'il glisserait bientôt les doigts et qu'il découvrirait à quel point elle était humide, et surtout, entièrement nue sous sa jupe.

Oh, mon Dieu, oui !

Elle se déplaça, écartant légèrement les cuisses, serrant un peu plus les bras autour du cou de son partenaire alors que le baiser devenait plus profond, comme si elle lui montrait avec sa langue ce qu'elle voulait qu'il fasse avec ses doigts.

Soudain, il s'écarta. La séparation fut rapide, brutale et presque douloureuse.

— Merde, Selma. Qu'est-ce que tu fais ?

— Moi ? Je crois que nous étions deux.

Il ne répondit pas et elle grimaça.

— Bon, j'ai cru que je pourrais te convaincre avec de l'action plutôt qu'avec des mots. En plus, tu m'as dit que tu ne me prendrais pas comme cliente, mais je n'ai pas entendu d'autres objections.

Elle se mit sur la pointe des pieds, puis l'embrassa légèrement.

— Je me trompe ? ajouta-t-elle.

Pendant un instant, elle crut qu'il allait partir. Mais il lui prit la main et l'attira à lui, lui pliant le bras derrière son dos. Il la maintint ainsi piégée fermement et se pencha pour un baiser furtif.

— Nous sommes en public.

— Alors, tu as deux options. Laisse-moi partir ou emmène-moi quelque part ou nous serons en privé.

De sa main libre, elle prit la sienne, puis la guida le long de sa cuisse, par-dessus le rebord de ses bas. Jusqu'à ses replis humides et lisses.

Il expira. Ce simple son était tendu et chargé d'érotisme.

— Je ne peux pas. Je suis en lice pour un poste.

— Je suis presque sûre que beaucoup de politiciens font précisément ce que nous nous apprêtons à faire.

Elle relâcha sa main et fut récompensée par ses doigts qui continuèrent à jouer avec son sexe. Puis elle mit les siens au travail sur la fermeture éclair d'Easton, glissant sa main dans son pantalon avec l'intention de le libérer.

Dans un mouvement réfléchi, il fit un pas en arrière, interrompant tout contact entre eux.

— *Merde.* Selma, je… Je ne sais pas à quoi tu joues, mais non. Je ne vais pas me lancer à nouveau dans ce petit jeu. J'ai trop à perdre. Je suis vraiment désolé. Je pense que tu sais que je te désire. Tu en as sûrement senti la preuve.

Sur ce, et pour la seconde fois en moins de douze heures, il lui tourna le dos.

Du point de vue de Selma, c'était un défi.

— Challenge accepté, murmura-t-elle.

Puis elle remonta le couloir tout en réfléchissant au plan B.

CINQ

Toute la soirée d'Easton aurait pu être résumée en un mot : frustrante. Non seulement Selma lui avait donné une furieuse érection gênante, mais quand il revint pour le concours de l'Homme du Mois, Landon se faisait déjà couronner Mister Août et il n'y avait aucun signe du harceleur de Taylor.

— Je suis désolée, lui avait-il dit en partant. Ça semblait être le plan parfait.

Elle haussa les épaules, à la fois déçue et soulagée. Maintenant, dans sa voiture, Easton se sentait un peu pareil, mais pour des raisons radicalement différentes.

Il était déçu de ne pas avoir Selma nue dans ses bras, mais aussi soulagé parce qu'il avait pris la bonne décision. De toute évidence, il ne se maîtrisait pas avec Selma Herrington. Elle était sa kryptonite, et s'il n'était pas parti, Dieu seul sait dans quel scandale il se serait retrouvé pendant sa campagne.

Alors oui, c'était le bon choix.

Même s'il la désirait toujours.

Le trajet était court jusque chez lui, à Rollingwood, une petite communauté au sud d'Austin. Quand il s'arrêta dans le garage, il était sûr de deux choses. Premièrement, il avait besoin d'une longue douche froide. Et deuxièmement, un double bourbon ne serait pas suffisant pour le faire redescendre.

Il entra par la buanderie, puis posa son porte-documents sur le banc qui longeait le mur vers le garde-manger avant de continuer vers la cuisine. Construite dans les années cinquante, l'architecte original était un admirateur de Frank Lloyd Wright et la maison avait une touche contemporaine et rétro. Easton n'avait pas changé grand-chose, mis à part l'électroménager et une couche de peinture fraîche.

Pour le jardin, c'était différent. Il avait fait une grosse partie du travail lui-même, travaillant avec quelques ouvriers à la construction la terrasse, de la colline jusqu'à l'arrière de la maison. Maintenant, il avait un merveilleux patio couvert avec une cuisine extérieure, une piscine étroite avec jacuzzi à une extrémité et un jardin éblouissant qui s'élevait vers le ciel avec des fleurs et des plantes.

Il n'avait pas pris conscience de ce que cet endroit signifiait pour lui jusqu'à ce qu'il commence à chercher une maison. Après avoir été nomade avec ses parents quand ils avaient perdu la leur, il avait besoin de racines. Maintenant, le simple fait de passer les portes de chez lui le rendait heureux.

Et grâce au métier lucratif qu'il avait choisi, ses parents n'avaient plus besoin de louer. Il leur avait acheté une petite maison dans leur ville du Connecticut, son seul regret étant leur refus de déménager au Texas. Ils tenaient à voir les saisons changer dans leur région de l'est.

Dans la cuisine, il alla au réfrigérateur par habitude, mais il n'avait pas faim, alors il continua à traverser sa maison à aire ouverte jusqu'au bar encastré. Il ouvrit le placard du bas et sortit une bouteille de Vol du Crépuscule – l'ironie voulait que ce soit l'une des meilleures ventes de la petite distillerie de Selma, qui ne quittait pas ses pensées. Ce n'en était pas moins son préféré.

Le bar avait une petite machine à glaçons et il se servit deux doses. Ensuite, il appuya sur le bouton pour ouvrir les stores de la baie vitrée coulissante occupant tout le mur arrière de la maison. Il s'attendait à voir uniquement les petites lumières parsemant le chemin dallé jusqu'à la terrasse, mais il aperçut la lueur bleue caractéristique du jacuzzi.

Fronçant les sourcils, il sortit son téléphone en se demandant s'il ne l'avait pas activé par erreur. Non, l'application était fermée.

Quelqu'un l'avait démarré manuellement.

Il se doutait de qui cela pouvait bien être.

Avec un soupir, il ouvrit la porte, puis s'avança sur la terrasse en béton brossé. Devant lui, la piscine était obscure, le vent formant des ridules sur l'eau.

À sa droite, cependant, la lumière bleue éclairait le coin de son jardin, s'élevant au-dessus de l'eau fumante et bouillonnante et projetant des ombres exotiques sous l'avant-toit de la maison. Et là, avec de l'eau jusqu'au cou et les bras étendus de chaque côté, Selma était installée.

Easton se pinça l'arête du nez en s'approchant.

— Mais qu'est-ce que tu fais ici ? Et comment sais-tu où j'habite ?

Ses cheveux mouillés étaient plaqués à l'arrière de sa tête et son mascara coulait. Quand sa bouche prit la forme d'un sourire séducteur, Easton ne put s'empêcher de se dire qu'il n'avait jamais rien vu de plus érotique que son visage. Et cela, malheureusement, n'était pas vraiment la direction qu'il voulait donner à ses pensées.

Elle pencha la tête nonchalamment, dans un mouvement sensuel.

— Tu figures dans les contrats de Matthew, répondit-elle. Il les avait partagés avec moi l'an dernier pour que je puisse lui arranger une fête d'anniversaire. J'ai gardé ton adresse. J'ai pensé que j'en aurais peut-être besoin un jour. J'avais raison.

Il en eut le tournis.

— Et mon alarme ? La maison et la cour ont un système de sécurité.

Elle lui lança un sourire séducteur.

— Oui, bon, j'ai des talents épatants. Ne t'inquiète pas. Je ne suis pas entrée dans ta maison. J'ai été tentée... J'aimerais savoir si ta chambre est comme je l'ai imaginée, mais je m'entraîne à la retenue.

— Ça n'a pas dû être facile, répondit-il sèchement.

— Oh, tu n'as pas idée.

Il posa sa main sur son front pour se masser les tempes avec son pouce et son majeur.

— Je crois qu'il est temps pour toi de partir.

Quand il leva les yeux, elle le fixait.

— Sérieusement ? Tu n'étais pas aussi ennuyeux avant. Oh, attends. Si, tu l'étais déjà.

— Je pense que le mot que tu cherches est responsable.

— Hmm.

Elle pinça les lèvres, la tête penchée sur le côté comme si elle réfléchissait sérieusement à sa suggestion.

— Non. Je vais rester sur ennuyeux.

— Selma...

— Quoi ?

— Tu es entrée par effraction dans mon jardin.

— C'est vrai. Seulement parce que je savais que ça ne te dérangerait pas.

Il résista à l'envie de se frotter les tempes à nouveau.

— Sauf que ça me dérange.

— D'accord. Ça se voit.

Elle fit claquer sa langue.

— Alors, ça veut dire que tu veux que je parte ?

— Comme tu es perspicace.

— Oh, très bien.

Elle se leva, l'eau ruisselant sur son corps nu, scintillant dans la lumière surréaliste, mettant en valeur ses divers tatouages. À ce moment, Easton en oublia presque de respirer.

— Mon Dieu, Selma.

Sa voix semblait rauque.

— Désolée. J'en déduis que responsable signifie pudique aussi.

Elle s'enfonça à nouveau dans l'eau, mais cela n'avait pas d'importance. L'image de son corps exceptionnel s'était imprimée dans son esprit. La poitrine voluptueuse aux tétons foncés qu'il avait envie de goûter. Cette taille fine parfaite pour l'entourer de ses bras. Ces cuisses fuselées qui menaient jusqu'à son sexe épilé. Son imagination passa en surmenage et son corps s'enflamma au simple fantasme de ses mains sur elle. Comment serait sa peau douce sous ses lèvres, et comment sonnerait sa voix suave quand il la ferait jouir si fort qu'elle en crierait ?

Elle s'éclaircit la gorge. Quand il sursauta, elle pouffa et changea de position dans l'eau.

— Peut-être que tu pourrais m'apporter une serviette. Ou me rejoindre.

Il aurait aimé ne pas être aussi tenté, mais il se força à aller vers le coffre en cèdre contenant les serviettes pour la piscine. Il en prit une, qu'il posa sur le revêtement où elle pourrait facilement l'attraper.

Elle soupira.

— Allez, Easton. Laisse-toi aller. Peut-être que ce soir, c'était un peu exagéré, mais j'essaie d'être responsable aussi. J'ai besoin d'un avocat. Vraiment. Et c'est la raison pour laquelle je suis venue te voir.

— Il y a des centaines d'avocats en ville.

— Oui, mais n'es-tu pas le meilleur ?

Il se renfrogna en silence.

Elle leva les yeux au ciel.

— Écoute, j'ai réfléchi à une demi-douzaine d'autres au moins, mais chaque fois, on me disait que je devais venir te voir, toi. Et pourtant, tu ne veux pas que je t'embauche. Même pas pour une affaire à court terme qui sera certainement terminée avant que tu annonces ta candidature pour le poste de juge. Ou alors, il y a une autre raison qui te retient. C'est peut-être pour me punir de ce qui est arrivé il y a dix ans ? Dans ce cas, c'est mesquin. On dit bien qu'on est une toute nouvelle personne tous les sept ans, ce qui voudrait dire que tu me punis pour ce qu'a fait quelqu'un d'autre.

Il ne put s'empêcher de rire.

— J'aime beaucoup ta façon de penser.

— J'ai seulement besoin d'aide. Je suis qui je suis, Easton.

— Sans but ?

— Je dirais plutôt insouciante, rectifia-t-elle.

— Irresponsable ?

— Merde.

Il entendit une véritable colère dans sa voix.

— Je te l'ai dit. J'essaie de bien faire les choses. Je

veux m'assurer d'être payée comme il se doit, et qu'ils ne puissent pas détruire la marque que j'ai fondée.

Il fit un pas vers elle.

— Alors, pourquoi veux-tu vendre ? Parce que tu as eu de la chance et que la distillerie a connu un grand succès ? Maintenant, tu as peur du travail qu'il faudra fournir pour continuer ? C'est ce que tu fais toujours, non ? Partir avant qu'il y ait quelque chose ?

— Tu sais quoi, Easton ? Je t'emmerde. Je n'ai jamais eu peur du travail. *Jamais.* Seulement parce que je ne veux pas faire le même travail que toi, en costume dans un bureau, ça ne veut pas dire que je vaux moins que toi.

Elle se leva, son corps nu mouillé luisant dans la lueur bleutée.

— Je vais trouver un autre avocat.

D'un geste brusque, elle s'enveloppa dans la serviette et sortit du jacuzzi. Ensuite, elle se dirigea vers la petite table où elle avait laissé ses vêtements.

Il la regarda, hypnotisé, lorsqu'elle leva un pied pour le poser sur l'assise d'une chaise et s'essuyer des pieds à la tête, sans hésitation.

Elle fit une pause assez longue pour lui lancer un regard furieux, puis s'empara de son soutien-gorge, un modèle rétro avec rembourrage, qu'elle attacha. Ensuite, elle agrafa son porte-jarretelles à sa taille et

enfila ses bas. Elle n'avait mis aucune culotte et il
n'en vit pas non plus sur la table.

Quand elle commença à se saisir de sa jupe, ce
fut plus qu'il ne pouvait le supporter.

— Arrête.

Elle le regarda avec un air de défi.

— Tu n'es pas du tout embarrassée ?

— Pourquoi devrais-je l'être ? rétorqua-t-elle. Ce
n'est qu'un corps.

Il déglutit.

— Non, pas vraiment. Le tien se rapproche plus
d'une œuvre d'art.

Les lèvres de Selma s'entrouvrirent, puis se refer-
mèrent, et son expression s'adoucit.

— Merci.

Il fit un pas vers elle. Plus il s'approchait, plus
l'énergie entre eux crépitait.

— Et si je te disais que j'ai envie de toi ? Ici.
Maintenant.

Elle laissa son regard le survoler, s'arrêtant brièvement à son entrejambe.

— Si j'en crois les preuves, je ne serais pas
surprise.

— Tu as envie de moi, toi aussi.

Pendant un moment, elle ne dit rien. Puis elle fit
un pas vers lui. Elle prit sa main et glissa leurs doigts

entremêlés entre ses cuisses, gémissant quand le bout des doigts d'Easton trouva sa douce chaleur.

— Oui, dit-elle. Apparemment.

Il perdit presque pied à ce moment-là. Il avait envie de l'attirer à lui, de l'emprisonner sous ses lèvres et de la pencher en avant pour s'enfouir en elle.

Ce fut une grande preuve de volonté que de ne pas céder. Il resta figé, à contempler ses lèvres, sa bouche désirable.

Elle ne dit rien, mais elle porta la même main à sa bouche et suça son doigt humide, de telle sorte qu'il eut presque l'impression qu'il s'agissait de son sexe. Lorsqu'elle le retira, son sourire avait une teinte de victoire.

— Mais on m'a dit qu'il y avait une différence entre vouloir et volonté.

— La personne qui t'a dit ça était un idiot, répondit Easton, la faisant éclater de rire.

Elle s'approcha, la paume contre son entrejambe.

— J'ai une idée. Tu es un homme pragmatique. J'ai une affaire à négocier rapidement. Et de toute évidence, nous pensons l'un à l'autre. Alors, nous allons faire une exception à nos règles. Tu prends mon dossier. Je ne détalerai pas. Nous allons baiser comme des lapins. Nous allons dépasser nos limites, tous les deux. Cette offre est assortie d'une garantie sans risques, parce que nous savons comment tout cela va se terminer. Je vends mon affaire et je déménage en Écosse.

Elle caressa lentement son sexe, dur comme le roc sous le pantalon de costume qu'il portait toujours. Lentement, elle se mit à genoux et ses doigts ouvrirent la braguette d'Easton.

— Qu'en dis-tu ? De mon point de vue, ce sera une aventure torride, je ne peux pas être plus claire.

Une voix dans sa tête lui dit qu'il allait le regretter. Mais Easton passa la main dans les cheveux de Selma et pencha la tête en arrière quand elle le prit dans sa bouche.

— Oui, haleta-t-il en attrapant le rebord de la table pour garder l'équilibre. Je pense que nous avons un marché.

SIX

Selma libéra son sexe dur, tendu et absolument parfait. Elle le tint dans sa main. Elle commença par le lécher, ravie que le corps d'Easton se raidisse en réaction, elle-même excitée par le plaisir qu'elle lui procurait. Quand il enfouit ses doigts dans sa chevelure et guida sa bouche sur son sexe, elle se réjouit encore plus.

Il voulait que ce soit fougueux. Il voulait qu'elle soit sienne. Qu'elle se soumette à ses caprices. Qu'elle lui fasse plaisir en le laissant l'utiliser en sachant que son tour viendrait ensuite et qu'il l'emmènerait au septième ciel.

Après tant d'années, elle se souvenait encore de leurs ébats. De son goût. C'était un amant doué quand il était à l'école de droit. Un simple contact pouvait l'exciter. Une seule caresse de sa langue pouvait la faire jouir. Mais il n'était pas encore prêt et l'homme qui se tenait devant elle connaissait de nombreuses voies vers l'extase féminine. Il pouvait mener une fille dans des recoins sombres, pour brusquement les emplir de lumière.

Seigneur, comme elle avait envie de lui.

Il donna des coups de reins plus rapides et elle s'accrocha à ses fesses, le maintenant en place, espérant qu'il fasse tomber le pantalon. Elle souhaitait le contact de sa peau. Elle le voulait complètement.

— Chérie, c'est trop bon. Je vais bientôt jouir.

Elle suça plus fort, mais il se retira.

— Je veux te sentir. Je veux *nous* sentir.

Comme s'il faisait écho à ses propres pensées, il ajouta :

— Je n'en peux plus de tous ces vêtements.

Rapidement, il retira son pantalon, mais il conserva sa chemise. Elle insista presque pour qu'il la retire, mais elle se ravisa. Elle aimait l'image qu'il donnait avec son sexe tendu dépassant de sous sa chemise. Rien qu'en le voyant ainsi, elle était excitée et au bord de l'orgasme.

— S'il te plaît, dit-elle avant de défaire son porte-jarretelles.

— Oh, non. C'est trop parfait. Penche-toi en avant.

— Quoi ?

Il lui claqua les fesses légèrement et elle manqua défaillir de désir.

— J'ai dit : penche-toi en avant.

Elle s'exécuta en se tenant au bord de la table ronde, ses seins contre les carreaux froids, lui présentant ses fesses.

— Tu es superbe. Écarte les cuisses.

Elle fit ce qu'il lui demandait et il glissa son sexe le long de sa vulve, jouant avec elle jusqu'à ce qu'elle doive user de toute sa volonté pour ne pas tendre la main et se toucher.

Mais bientôt...

Elle passa sa main entre ses cuisses et commença à se caresser pendant qu'il jouait avec elle du bout du gland.

— C'est trop excitant. Ne t'arrête pas.

— Non, monsieur, répondit-elle en souriant, l'entendant gémir.

De toute évidence, il aimait le jeu autant qu'elle.

Elle était si excitée que ses muscles étaient tendus, impatients qu'il la pénètre.

— Baise-moi, s'il te plaît. J'ai besoin de te sentir en moi.

— Tes désirs sont des ordres. Attends.

Elle n'avait aucune envie d'attendre. Elle voulait tout, et tout de suite. Mais tout vient à point à qui sait attendre, alors elle patienta tandis qu'il sortait un préservatif de son portefeuille et le glissait sur son membre. La main d'Easton glissa sur elle.

— Tu es détrempée, dit-il. Je vais te prendre si fort.

— Oui.

Ce fut tout ce qu'elle parvint à dire. Les mots semblaient demander un effort trop important. Elle ne réagissait qu'aux sensations.

Enfin, elle le sentit. La pression à son entrée, et l'intensité de sa première pénétration. Elle ferma les yeux pour profiter du plaisir. Il la remplissait, la réclamait. Quand il commença à imprimer des va-et-vient rythmés, toute pensée rationnelle l'abandonna et elle fut seulement consciente de la vague montante d'un puissant orgasme en elle, sous ses coups de reins intenses et ses propres doigts sur son clitoris.

De plus en plus vite, de plus en plus profond. Elle sentit le corps d'Easton se tendre en elle, ses muscles se contracter. Il tendit la main pour attraper son cou, lui levant la tête pour mieux la tenir. Ses seins ne touchaient plus la table maintenant. Il la pilonnait, le corps de Selma à sa merci.

— Jouis pour moi.

— S'il te plaît, dit-elle. J'en veux plus.

Les doigts de sa main libre s'aventurèrent entre ses fesses.

— Et là, c'est plus ? murmura-t-il. Que dis-tu de ça ?

Il lui lécha le lobe de l'oreille.

— Jouis maintenant, ordonna-t-il. Je veux te sentir exploser.

Son souffle excita son oreille quand il parla et ce fut l'impulsion finale. Des décharges d'électricité parcoururent son corps, déferlant vers son bas-ventre. Elle se sentait vivante, en feu. Elle avait l'impression de n'être qu'énergie pure, les étoiles et même le big bang.

— Maintenant, insista-t-il. Jouis maintenant.

Comme si elle n'avait pas d'autre choix que d'obéir, elle sentit le monde s'effondrer autour d'elle. Elle explosa, se désintégra. Elle toucha le septième ciel.

Ensuite, très lentement, elle redescendit sur terre et dans ses bras.

Il adorait la chaleur de Selma quand ils se peloton-
nèrent dans le lit. Il l'avait transportée là, et maintenant, il ne voulait rien d'autre que la serrer contre lui
et la garder en sécurité. Il laissa ses doigts danser
paresseusement sur sa peau, s'attardant sur le
tatouage sous son sein, pile sur son cœur. *Please.*

— Qu'est-ce que ça veut dire ?

Elle se blottit tout contre lui.

— Je te le dirai plus tard. Pour le moment, je veux
savoir si tu vas négocier mon affaire.

Il rit, mais se fit un plaisir de lui rendre service en
lui demandant de lui exposer les grandes lignes. Elle
lui expliqua et il écouta, posant des questions et
agréablement surpris par ses réponses réfléchies.
Apparemment, elle avait bien travaillé.

— Alors, ma priorité sera de t'obtenir le plus gros
montant possible. Une fois que c'est fait, tu ne seras
plus vraiment dans le tableau. Ils achètent ta marque,
ce qui veut dire que c'est fini pour toi. S'ils merdent,
ton seul recours sera la satisfaction d'avoir un compte
bancaire bien rempli.

Elle fronça les sourcils.

— Je n'aime pas beaucoup cette idée.

— Il n'y a pas grand-chose que l'on puisse faire,
mais je vais réfléchir. Je veux te protéger au maxi-

mum. Tout s'articule autour de la négociation. On ne sait jamais tant que l'on n'a pas essayé.

— On dirait que tu aimes ça.

— Oui.

— Tu peux faire ce genre de choses en tant que juge ?

Il considéra la question, surpris par la boule qui se formait dans son ventre.

— Honnêtement, pas vraiment. En tant que médiateur, oui. Les juges ont des règles différentes.

— Alors, pourquoi veux-tu le faire ?

Une autre question épineuse. De toute évidence, elle ne tirait pas à blanc.

— Il y a le prestige, bien sûr.

— Ça ne te ressemble pas.

— Non, mais ça donne du poids. Pour faire des changements, je veux dire.

— Je pensais que les juges interprétaient seulement la loi. Être dans le corps législatif, ce ne serait pas mieux pour apporter des changements ?

Il ne pouvait pas nier qu'elle marquait un point.

— Alors, pourquoi veux-tu devenir juge et pas seulement rester dans ton cabinet ? Ou essayer de devenir sénateur ?

Puisque ce n'était pas une question à laquelle il

pensait pouvoir répondre dans son état, mi-épuisé et mi-excité, il inversa les rôles.

— Pourquoi veux-tu vendre la distillerie ?

Son rire était comme un carillon.

— Oh, ça, c'est parce que j'en ai envie. Comme j'ai envie de faire ça, aussi.

D'un mouvement rapide, elle le chevaucha avant de descendre lentement le long de son corps pour reprendre son sexe dans sa bouche. Il voulut l'interpeller, car elle évitait la question, mais il rêvait de sentir sa bouche sensuelle faire des merveilles sur son corps.

Elle se retira bien trop vite à son goût, mais quand elle remplaça sa bouche par son sexe et qu'elle le chevaucha sauvagement jusqu'à l'orgasme, il ne pouvait pas vraiment se plaindre. Elle lui donna un orgasme si intense qu'il crut se faire mal à la gorge tant il avait crié fort.

Quand, peu de temps après, elle murmura : « Tu es prêt pour un autre round », son sexe impatient se dressa, à nouveau ragaillardi.

Elle allait le faire mourir, pensa-t-il.

Vers quatre heures, ils étaient tous les deux épuisés. Il lui embrassa doucement la tempe alors qu'elle s'endormait dans ses bras.

À cinq heures, il devait se lever pour prendre un avion.

Il n'avait jamais laissé une femme dans son lit quand il n'était pas à la maison. Pourtant il n'hésita pas un instant en quittant Selma.

Plutôt que de la faire partir, il lui déposa un baiser sur la joue et il chuchota à sa silhouette endormie qu'elle pouvait rester aussi longtemps qu'elle le voulait.

— Tu viens de passer une heure à t'entraîner et maintenant tu manges ça ?

Selma plissa le nez devant la pile de pancakes, de bacon, d'omelette et pommes de terre sautées que la serveuse venait de poser devant Matthew. Ils étaient au *Magnolia Café*, sur South Congress, et son frère se goinfrait tandis qu'elle se satisfaisait d'un ridicule taco pour le petit-déjeuner.

D'accord, pas *si* ridicule que ça, puisque les portions au Magnolia étaient énormes. Mais le petit-déjeuner de Matthew pouvait nourrir une famille entière.

— C'est pour ça que j'ai besoin d'un gros repas, affirma Matthew. Et tu sais que je ne mange pas comme ça tout le temps.

C'était vrai. En temps normal, il avait une alimentation de sportif qu'elle trouvait à la fois sommaire et peu ragoûtante. Mais depuis qu'ils avaient pris l'habitude régulière de manger ensemble le matin, il faisait des écarts. L'une des preuves en était la quantité de glucides qu'il y avait dans son assiette.

— En plus, ajouta-t-il, si *tu* t'entraînais, tu n'aurais pas le sentiment de devoir manger uniquement des salades.

— Allô ? Tu vois le taco géant que je prends pour le petit-déjeuner ? Et je ne mange pas que de la salade. C'est mon produit de base, comme ça, quand j'ai envie de quelque chose de bien décadent, je n'ai pas de culpabilité.

Il piqua un gros morceau de pancake avec sa fourchette.

— Je comprends. L'exercice efface la culpabilité aussi. En plus, tu as un frère qui possède une salle de sport. Je peux t'expliquer le fonctionnement de toutes les meilleures machines.

Elle leva les yeux au ciel.

— Je fais beaucoup d'exercice. En fait, j'ai eu un excellent entraînement la nuit dernière.

Un entraînement *vraiment* excellent, et pendant un instant, elle s'autorisa à savourer le souvenir.

Même ce matin avait été incroyable. Il l'avait laissé passer la nuit chez lui, ce qui semblait déjà un miracle, quand elle songeait au début de la soirée, mais il devait partir tôt pour prendre un avion pour Dallas. Plutôt que de lui demander de s'en aller, il lui avait seulement déposé un baiser sur la joue en lui proposant de rester aussi longtemps qu'elle le souhaitait.

Si elle n'avait pas eu rendez-vous avec son frère, elle serait peut-être toujours nue dans ses draps à attendre son retour.

Cette pensée la fit soupirer. Matthew s'en rendit compte et plissa les yeux, déposant sa fourchette.

— Easton ? Oh, merde, Selma. Pourquoi lui ? Tu m'as dit ce matin qu'il avait accepté d'être ton avocat. Tu ne m'as pas dit que tu couchais avec lui.

— Si c'est important, nous n'avons pas beaucoup dormi.

— Ne plaisante même pas. Enfin, Selma. Tu sais que ce n'est pas bien.

— Crois-moi. Ça va. *Je* vais bien.

Elle tendit la main vers l'assiette de son frère pour lui prendre un morceau de bacon.

— Mais merci de t'en inquiéter.

Il leva les yeux au ciel. La vérité, c'était qu'ils s'inquiétaient trop l'un pour l'autre. Après tout, au bout du compte, c'était Matthew et Selma contre le reste du monde. Parce que, même s'ils aimaient tous les deux leurs parents tendrement, Selma et son frère avaient traversé l'enfer ensemble. Des passages à tabac, des semaines sans rien d'autre que de l'eau et des biscuits salés. Pendant des jours et des jours, on leur avait dit qu'ils ne valaient rien. Ils étaient devenus un obstacle.

Les choses s'étaient un peu améliorées quand leur père biologique était parti. Au moins, leur mère ne leur donnait pas de coups de ceinture en cuir sur le dos jusqu'à les faire saigner. Elle les ignorait, principalement. Mais quand elle s'était retrouvée à court d'argent et qu'elle était allée voir les services sociaux pour obtenir de l'aide, les choses avaient commencé à se compliquer. D'autres adultes s'étaient occupés d'eux, et Matthew et Selma leur avaient ouvert leur cœur.

Leur mère biologique venait parfois les sortir de ce centre et les emmenait de l'autre côté de la ville ou dans un autre État. Partout où ils allaient, ils laissaient derrière eux des personnes qui auraient pu leur apporter quelque chose s'ils avaient pu rester plus longtemps. Finalement, ils avaient atterri à Austin, tout seuls. Seulement Matthew, Selma et leur mère biologique.

Ensuite, elle était partie elle aussi. Matthew et Selma étaient restés seuls, à deux contre le reste du monde.

Même quand les Herrington les avaient sortis de la famille d'accueil, ils avaient eu du mal à s'en rapprocher. Du moins Selma. D'une certaine manière, elle s'attendait toujours à ce qu'une tuile lui tombe dessus.

Honnêtement, elle s'y attendait peut-être toujours.

Selma soupira, contemplative, puis elle prit une gorgée de café. Oui, elle était perturbée. Il fallait reconnaître qu'elle pourrait être encore plus mal en point.

Elle piqua un morceau de saucisse dans son taco, avec sa fourchette, puis elle leva les yeux vers Matthew qui la fixait.

— Quoi ?

— Ça ne va pas, Selma.

— Allez, Matthew. Pour une fois, crois-moi. J'ai trente-cinq ans. Je te promets que je peux me débrouiller toute seule.

Il allait répondre, mais elle secoua résolument la tête.

— Non, on avance. Changeons complètement de sujet. As-tu parlé à papa et maman ? Ils m'ont appelé il y a deux jours, mais je n'entendais rien. Ils sont où maintenant ?

— En Chine. Tu t'en rends compte ? Maman m'a envoyé un mail la nuit dernière. Ils voyagent de Beijing à Shanghai.

Leurs parents, les seules personnes qui méritaient ce titre, étaient récemment partis pour une aventure de cinq mois à la découverte du monde.

— Tu vois, dit Selma. Ils sont spontanés. Il n'y a pas que moi.

— C'est ça. Si on considère que quatre ans de préparation, c'est spontané.

— Tu marques un point. Et toi ? Tu n'es pas spontané en ce moment, par hasard ?

— Tu veux dire à propos de la salle ?

Elle acquiesça. Ils s'étaient retrouvés à la salle de sport du centre-ville sur la rue Lavaca, comme ils le faisaient toujours avant d'aller prendre le petit-déjeuner ensemble. Mais au lieu de partir tout de suite, cette fois, il l'avait emmenée dans la salle. Il lui avait parlé des différentes machines et de leurs coûts. Des plans de l'immeuble. De ses statistiques d'abonnement.

Ensuite, il lui avait dit qu'il allait faire un pas en avant en devenant une franchise.

Il avait déjà plusieurs succursales dans Austin et

il les supervisait toutes, faisant appel à des managers pour les affaires quotidiennes. Ce n'était pas la première fois qu'il parlait de franchise, mais elle avait cru que c'était pour rire.

Aujourd'hui, il en parlait comme si cela pouvait vraiment se produire. Avec un avocat, les papiers et l'argent qui coule à flots.

— Tu es sûr de vouloir faire ça ? demanda-t-elle. Je ne veux pas jouer les trouble-fête, mais est-ce que tu as bien réfléchi ?

— Oui, répondit-il sans la moindre hésitation. Pourquoi pas ?

— Je ne sais pas. C'est une étape tellement permanente. Et si tout s'écroulait ?

— Pourquoi veux-tu que tout s'écroule ?

— Je ne sais pas. Parfois, tout ne se passe pas comme prévu.

Il hocha lentement la tête.

— Tu comprends qu'au bout du compte, c'est moi qui assure tout. J'ai plus confiance en moi qu'en n'importe qui d'autre au monde. Y compris toi.

— Super pour la confiance en toi, mais tu sais que les choses ne se passent pas toujours comme on le voudrait. Tu avances et puis, boum, tout s'écroule. Rien ne dure.

Il pencha la tête tout en la regardant.

— Peut-être pas. Mais ça vaut le coup d'essayer. Tu es nerveuse pour moi ?

— Toujours, admit-elle.

— Tu crois que je n'y arriverai pas ?

— Tu fais partie de ces gens qui peuvent tout faire.

— Sauf, de toute évidence, trouver une femme bien.

— Tu y arriveras, répondit-elle, catégorique. Une femme qui te mérite.

Le téléphone de Selma tinta et elle regarda son frère en fronçant les sourcils.

— C'est mon alarme. Je dois filer. Molosse est l'un des sponsors pour l'événement de ce soir à l'Hôtel Winston, et j'ai des serveurs intérimaires que je dois former.

— Vas-y. Je vais rester ici tranquillement et terminer ma montagne de pancakes.

Elle se leva de la banquette.

— Hé !

Ce simple mot l'arrêta.

— Quoi ?

— Tu peux faire tout ce que tu veux aussi, lui dit Matthew.

— Je sais. Ce qui veut aussi dire que je peux faire n'importe quoi.

Avec un clin d'œil, elle se retourna et se précipita vers la porte.

La dernière chose qu'Easton voulait après cette nuit inattendue de débauche et de plaisir, c'était de laisser cette femme torride et consentante dans son lit pour partir à Dallas, où l'attendaient quatre heures de déposition ennuyeuses à mourir. Quand il était rentré à la maison après dix-sept heures, les draps étaient froids depuis longtemps et elle n'était nulle part en vue.

Juste après dans la liste de ce qu'il préférait éviter après une nuit de sexe débridé et acrobatique et une déposition assommante en journée, c'était de se retrouver dans la grande salle de réception de l'Hôtel Winston, à essayer de faire repartir ses neurones pour réussir à faire la conversation. Et pourtant, il avait franchi la porte de l'une des nombreuses soirées de charité qui serviraient à mettre son nom en valeur pour les électeurs et les influenceurs, avec plus d'efficacité qu'un effleurement du doigt sur Tinder.

Puisqu'il pouvait à peine marcher droit aujourd'hui, il avait encore moins envie d'y aller.

Pourtant Easton avait un objectif, et le juge

Coale avait un plan pour l'aider à l'atteindre. Ce qui voulait dire que même si Selma l'avait chevauché jusque sur la lune et l'avait asséché, il était présent à cette soirée importante pour son travail.

Il inspira, ajusta sa cravate et entra dans le chaos de la salle de bal. Immédiatement, une serveuse lui donna un verre de bourbon et il en prit une gorgée, impressionné par la douceur du liquide, qui laissa dans son sillage une brûlure suffisante pour lui donner envie de le boire. Il leva les yeux et se rendit compte que la serveuse avait un débardeur orné du logo de Molosse. Aussitôt, il se figea. Parce qu'elle était là. *Selma*. De l'autre côté de la salle de réception.

Dans la mer de costumes et de robes conservatrices, Selma Herrington se démarquait. Elle portait un pantalon en cuir moulant avec le même débardeur que son équipe. Une ceinture rouge accentuait sa taille fine et ses jambes semblaient plus longues avec ses talons de dix centimètres. Elle portait un soutien-gorge rétro de type corset sous son haut, qui laissait sans doute indifférents les hommes d'aujourd'hui, mais qu'il trouvait terriblement érotique, ce que prouva aussitôt la contraction de ses bourses, à la fois à sa vue, mais aussi aux souvenirs de la nuit dernière, quand elle ne portait rien d'autre que ce soutien-gorge, des bas et un porte-jarretelles.

Ses lèvres étaient rouge vif, et ses cheveux courts hérissés avaient les pointes non plus bleues, mais roses et vertes.

Elle était terriblement sexy, aussi indomptable qu'un feu de forêt et complètement hors de propos dans une soirée aussi guindée.

En le voyant, elle fondit droit sur lui. Son corps s'en réjouit, mais le politicien en lui grinça des dents.

— Salut, mon amant, ronronna-t-elle en s'approchant.

— Merde, Selma, baisse le ton.

— J'ai adoré la nuit dernière.

Il déglutit.

— Moi aussi.

Son sourire était arrogant.

— Je sais.

— Pourquoi es-tu ici ?

Elle leva les sourcils, mais il ne savait pas si elle était offensée ou amusée.

— C'est mon whisky que tu bois. Nous sommes l'un des commanditaires du gala.

— Bien sûr. Je n'ai pas réfléchi.

Il inspira, se retenant péniblement de tendre la main vers elle en même temps qu'il se disait que cet arrangement était une mauvaise idée. Parce qu'il n'arrivait pas à être près d'elle sans avoir envie de la toucher.

— Écoute, Selma, je dois me fondre dans la foule. Je vais bientôt faire mon annonce. Je dois serrer des mains, saluer les gens avant que les discours commencent.

— Rejoins-moi dans les toilettes des femmes dans quinze minutes.

Il cligna des yeux en la regardant.

— Quoi ?

Elle se pencha plus près, et heureusement, elle baissa la voix.

— J'ai seulement l'impression que tu n'as jamais baisé dans les toilettes des femmes pendant une fête. Je présume que c'est sur ta liste de choses à faire avant de mourir.

— Selma...

— Je veux ton sexe dans ma bouche, dit-elle, lui arrachant un gémissement. Ou peu importe où tu voudras le mettre.

Oh, Seigneur, il était perdu.

— Selma, arrête. Nous avons un accord. Tu sais que je ne peux pas.

Elle leva une épaule.

— Tu serais surpris de voir tout ce que tu peux

faire avec un peu d'imagination. Tu n'es pas très Easton, là. J'essaie seulement de t'aider à l'être un peu plus.

Elle recula, puis lui envoya un baiser.

— J'y serai dans quinze minutes. J'espère que toi aussi.

— N'y compte pas, répondit-il.

Mais quand il regarda autour de lui, la fête était terriblement ennuyeuse... Son esprit commença à imaginer Selma à genoux pendant qu'il mettait son sexe dans sa bouche...

Oh, pitié.

Il n'irait pas.

Il ne pouvait pas.

Pourtant, une petite partie de lui en avait très envie.

HUIT

Oh, et puis zut !

Pendant trois minutes complètes – il les avait comptées –, Easton avait essayé de débattre s'il devait ou non aller dans ces toilettes. Qu'est-ce qui n'allait pas chez lui ? Il n'agissait pas de manière si impulsive d'habitude. Selma l'avait sans doute ensorcelé. Elle avait certainement le pouvoir de lui faire perdre l'esprit.

Il pensa à la nuit dernière avec elle et il sourit. *Oui, elle avait définitivement un pouvoir.*

— Tu penses gagner les élections ?

Immédiatement, le sourire disparut de ses lèvres et il se tourna légèrement pour découvrir Marianne.

— Je ne t'avais pas vue, dit-il. Je rêvassais.

Son sourire était à la fois doux et séducteur. Il se

sentait un peu coupable de ne pas être intéressé par elle le moins du monde. Que ce soit sexuel ou en tant que collègue. Le juge Coale avait beau penser qu'elle ferait une bonne alliée, il la comparait à de la purée : sans personnalité.

Selma, en revanche...

— Marianne, je suis vraiment désolé. Je dois aller parler à quelqu'un.

Il ferait mieux de se mêler à la foule, jouer le jeu, faire du relationnel, ce genre de choses.

Tout ce qu'il voulait, c'était trouver la fille.

Tout ce qui le préoccupait, c'était de laisser son sexe mener la danse.

Il était d'accord avec ça, pour le moment.

Il se glissa dans le couloir où se trouvaient les toilettes, puis il jeta un œil derrière lui avant d'entrer dans les toilettes des femmes. Il y avait de nombreuses cabines, mais Selma était appuyée contre la rangée de lavabos et lui souriait.

— Nous sommes seuls, lui indiqua-t-elle. Verrouille derrière toi.

Il leva un sourcil, certain qu'ils se feraient prendre. Et puis, parce qu'il était visiblement envoûté, il fit ce qu'elle lui demandait.

D'un doigt, elle lui fit signe et il se dirigea vers

elle, mais quand elle commença à s'agenouiller, il secoua la tête.

— Non, c'est mon tour.

— Vraiment ?

Elle leva les sourcils et il sourit.

— Tu m'as corrompu. Autant aller jusqu'au bout.

Il regarda aux alentours, puis fit un signe de tête en direction des lavabos.

— Assieds-toi sur le bord. Puis baisse ton pantalon en cuir.

Elle se mordit la lèvre inférieure et se pencha en avant.

— Pourquoi, Votre Honneur ? Êtes-vous d'humeur à me lécher ?

Ses bourses réagirent. Il l'attira à lui et embrassa sa petite bouche vicieuse.

— Assieds-toi, ordonna-t-il. Maintenant.

— J'entends des applaudissements, dit-elle. Ce qui veut dire que des gens vont venir. Les invités s'éclipsent quand les discours commencent.

— Alors, nous devons nous dépêcher, répliqua-t-il, excité par ce petit coup de folie.

— Tu as une mauvaise influence, dit-il alors qu'elle descendait son pantalon et posait ses fesses sur la surface entre les lavabos.

Lorsqu'elle écarta les jambes, il s'en lécha les babines.

— Je veux ta langue, dit-elle en glissant un doigt en elle.

Il entendit des talons dans le couloir.

— Merde, souffla-t-elle.

Mais il se pencha en avant, l'embrassa et descendit plus bas, attirant brusquement ses hanches vers sa bouche. Puis il referma la bouche sur elle, se délectant de son goût sucré et sensuel. La langue d'Easton la pénétra tandis que ses dents mordillaient son clitoris.

Elle se tortilla, empoignant ses cheveux, et son sexe eut un soubresaut contre son visage.

— Oh, oui, gémit-elle, pas plus fort qu'un murmure. Mon Dieu, je vais jouir.

Il redoubla d'ardeur, suçant plus fort tout en approchant un doigt pour trouver son anus. Il la pénétra et elle ravala un cri, qu'elle ne put retenir lorsqu'il la toucha au bon endroit. Elle explosa alors, inondant sa langue sous la force de son plaisir.

Il se leva et l'embrassa.

— Tu as vraiment bon goût. Tu seras soit la meilleure chose qui me soit arrivée, soit la fin de ma carrière.

Elle lui fit un clin d'œil.

— Je serai peut-être les deux, et nous pourrions nous enfuir à Bora Bora.

Il rit, pourtant en cet instant précis, de longues journées à faire l'amour lui semblaient une merveilleuse perspective.

Des coups contre la porte les firent sursauter et elle glissa au bas du lavabo. Ils échangèrent un regard, les yeux encore pétillants. Un doigt sur ses lèvres, elle réarrangea ses vêtements.

— Est-ce que quelqu'un pourrait ouvrir ?

— J'arrive, lança-t-elle en se dirigeant vers la sortie tout en serrant la main d'Easton.

— Qu'est-ce que tu fais ? murmura-t-il, mais elle ne répondit pas.

Elle déverrouilla la porte et la tira pour l'ouvrir.

— Elle était coincée ? demanda-t-elle innocemment, les yeux posés sur une dame âgée avec un sac à la main.

— Elle était verrouillée.

— Non, madame. J'ai seulement tiré fort.

Elle souriait de toutes ses dents.

— Heureusement que j'étais là pour vous aider. Oh, et monsieur, ajouta-t-elle en se tournant vers lui avec un plus grand sourire encore. Merci beaucoup.

Elle croisa à nouveau le regard de la vieille dame pendant que la tête d'Easton tournait lentement.

— Ce gentil gentleman m'a aidée à récupérer ma bague, ajouta-t-elle en désignant un petit anneau à son auriculaire. Je l'avais fait tomber dans le lavabo. Il appartenait à ma grand-mère, je n'aurais pas supporté de le perdre.

— Quel gentil jeune homme, fit la dame à Easton, qui ne put que hocher la tête silencieusement.

Décidément, depuis qu'il avait recroisé la route de Selma, son monde semblait devenu fou.

NEUF

Vendredi, Selma arriva au bureau d'Easton à huit heures. Ils étaient dans la salle de conférence à huit heures quinze, fortifiés par une grande cafetière bien remplie, un plateau de petits pains avec différentes garnitures et deux bols de fruits frais.

À dix heures, leur buffet privé donnait l'impression qu'une tripotée d'enfants lui avait fait sa fête, et la table de conférence auparavant immaculée était jonchée de photocopies, de pages annotées, de bloc-notes jaunes et de tasses de café vides. Elle avait retiré ses chaussures et son chemisier, restant en débardeur et en jean. Easton semblait toujours maître de la situation dans son complet gris.

— Je persiste, le paiement initial devrait être plus élevé, mentionna-t-il en tapant le contrat avec son stylo. Mais si tu demandes moins, alors tes droits de fondatrice doivent être beaucoup plus élevés.

— Dans tous les cas, c'est beaucoup d'argent.

Elle monta sur le meuble de rangement et balança les jambes, souriant à l'un des avocats qui passait par là.

— Oui, mais c'est ton argent. Tu l'as gagné en ajoutant de la valeur à ton entreprise. S'ils veulent acheter ton entreprise, ils doivent le faire à sa juste valeur.

— Je comprends. Vraiment. Mais c'est beaucoup plus que je ne pensais pouvoir revendre ma petite distillerie.

— Ton petit commerce s'est forgé une solide réputation. C'est parce que tu as bossé dur. Ne te vends pas au rabais.

Elle allait lui dire qu'elle ne le ferait pas quand la porte s'ouvrit et qu'une femme entra. Elle semblait tout droit sortie du magazine *Femmes d'Affaires*, en présumant qu'il existe.

— Je suis désolée de vous interrompre. Je dois partir plus tôt et je voulais seulement m'assurer qu'on ferait du co-voiturage pour aller au ranch demain.

Selma se redressa. Soudain, elle ne se sentait pas à sa place, laissée de côté. C'était ridicule. Elle n'avait aucun droit sur Easton. Et honnêtement, elle n'en voulait pas. Pourquoi en voudrait-elle alors qu'elle partait bientôt pour l'Écosse ?

— Franchement, je n'y ai pas pensé, répondit Easton en relevant à peine la tête de ses papiers.

Il la regardait avec le même intérêt qu'il regardait un infime point de détail sur le contrat

— Oui, bien sûr. Je passerai te prendre vers treize heures, d'accord ?

Son sourire s'épanouit.

— Parfait.

Elle jeta un œil en direction de Selma.

— Excusez-moi, nous n'avons pas été présentées. Je suis Marianne, l'une des associées seniors du cabinet.

— Selma. L'une des clientes du cabinet.

Le rire de Marianne semblait sincère.

— Vous êtes entre de bonnes mains avec Easton. Encore désolée de vous avoir interrompus.

— Aucun problème, répondit Selma, troublée par le soulagement qui la submergea en constatant qu'ils étaient seulement collègues et non amis intimes.

Ridicule. De quoi était-elle jalouse ?

Puis la réceptionniste sonna, annonçant qu'une certaine Hannah Donovan était passée pour savoir s'il voulait se joindre à elle pour le déjeuner, et Selma comprit que, rationnelle ou pas, elle était jalouse.

C'est absurde.

Bien sûr que cela n'avait rien à voir avec lui. Pas directement. Au contraire, elle protégeait jalousement leur projet de faire l'amour jusqu'à ne plus en pouvoir tout en travaillant à la vente de sa distillerie. Cela n'avait rien de personnel.

— Selma ?

Elle se concentra.

— Oui ?

— Je disais seulement que j'étais désolé pour les interruptions, mais on dirait que tu en avais besoin. Es-tu fatiguée ?

— Mon cerveau bouillonne devant tous les termes juridiques que tu me lances. Mais ça va.

— Et si on continuait chez toi ?

Elle leva les sourcils.

— À mon appartement ?

— Ta distillerie.

— Oh !

Elle aimait cette idée. Elle était follement fière de sa distillerie et l'idée de la lui montrer lui faisait plus plaisir qu'elle ne voulait bien l'admettre.

— Allons-y.

La distillerie était située dans un petit immeuble à l'est d'Austin qu'elle avait acheté avec de l'argent emprunté à Matthew. Molosse avait si bien marché qu'elle avait pu lui rembourser jusqu'au moindre centime.

— Ce n'est pas impressionnant comme ça, lui dit-elle alors qu'ils passaient la porte. La première pièce est consacrée au commerce au détail, même si je ne fais pas beaucoup d'affaires avec les passants.

Elle le guida vers l'arrière, lui présentant sa petite équipe d'employés au passage, et lui montra son équipement et ses fûts pour le vieillissement.

— Ça prend du temps de faire vieillir le whisky de manière traditionnelle, mais je distille depuis que j'ai dix-huit ans, alors j'ai appris quelques trucs. J'ai commencé par vendre des spiritueux qui n'ont pas besoin d'être vieillis, puis j'ai développé ma gamme de whiskies.

— En cinq ans ?

— J'ai fait des expériences, répondit-elle d'une voix nonchalante, en dépit de sa fierté pour ce qu'elle avait accompli. J'ai parlé avec des ingénieurs et j'ai travaillé sur un système pour accélérer le vieillissement.

Elle fit un signe de tête en direction de la boîte argentée, d'un côté de la pièce.

— Tout est une question de pression. J'utilise des cuves spéciales avec du chêne à l'intérieur, dans ce monstre là-bas. Ensuite, je verse le produit dans mes barils de finition.

— C'est fantastique.

Elle haussa les épaules.

— C'est le truc, avec les distilleries artisanales d'aujourd'hui, utiliser des ingrédients locaux et raccourcir le vieillissement. Je ne suis pas la seule, mais j'ai mon propre système.

— Ce qui explique aussi pourquoi Penoldi-Gryce veut te racheter, ajouta-t-il en faisant référence à la compagnie avec laquelle ils négociaient. Ils veulent ta technologie.

Elle hocha la tête et regarda autour d'elle.

— Ça va me faire bizarre de ne pas venir ici tous les jours. Mais au moins, je sais que le whisky que j'ai créé va perdurer.

Il fit un pas derrière elle et posa une main sur son épaule.

— Tu n'en sais rien, dit-il avec douceur.

Elle fronça les sourcils, se retournant à moitié pour le regarder.

— Une fois qu'ils auront acheté, ils auront le contrôle. Ils vont conserver ta marque, mais au bout du compte, ils peuvent en faire ce qu'ils veulent. Ils pourraient même la jeter au bout d'un moment.

Elle se mordit la lèvre.

— Oh. Oui, c'est logique.

Elle haussa les épaules pour chasser sa main et alla s'asseoir sur un banc, près de sa machine de première transformation.

— S'ils ne la jettent pas, ils pourront l'utiliser pour leurs nouveaux produits.

Ce n'était pas une question, mais en s'asseyant auprès d'elle, il lui offrit une réponse :

— Oui, ils le feront.

Elle resta assise pour digérer cette idée. Elle le savait, bien sûr. Mais d'une certaine manière, la vérité s'ancrait plus profondément.

Pendant un moment, ils gardèrent le silence. Puis Easton parla, mais le ton de sa voix était si bas qu'elle dut presque tendre l'oreille pour l'entendre.

— Mes parents avaient un commerce. Pas une distillerie, bien sûr, mais une boutique de hamburgers. Je les ai vus tout perdre. Ça leur glissait des mains. Quand ça leur est arrivé, j'aurais juré qu'ils avaient perdu une partie d'eux-mêmes. C'est notamment pour ça que je suis devenu avocat.

Elle s'humecta les lèvres.

— Pourquoi me dis-tu ça ?

— Sans raison. Ta façon de parler de cet endroit me rappelle seulement la manière dont ils en parlaient, eux.

— Merci, mais c'est différent. Je fais un choix. Eux, il leur a été enlevé.

Elle se tourna pour croiser son regard compatissant.

— Tu comprends la différence, hein ? Avoir le choix, c'est ce qui est important.

— Je ne peux pas te contredire. Tu sembles savoir de quoi tu parles.

— J'ai de l'expérience avec le monde qui s'effondre sous mes pieds.

Il avait envie de lui demander ce qu'elle voulait dire par là.

Mais il n'en fit rien. Il examina son visage. Puis il hocha simplement la tête, et pendant un instant, elle ressentit une vague de déception, suivie par le constat sidérant que non seulement elle s'attendait à ce qu'il la pose, mais qu'elle le voulait. Elle voulait partager son passé, son histoire tordue, avec lui.

Agacée, elle se leva.

— Selma ?

Comme elle ne se retournait pas, il poursuivit.

— Nous devons penser à ta contre-offre. Si tu ne veux pas continuer – et tu m'as dit que tu désirais partir –, alors nous pouvons limiter leurs actions dans l'utilisation de ta marque d'une infime manière. Du moins, si nous souhaitons conclure cette affaire.

— Je veux de l'argent, dit-elle, le cœur lourd. S'ils peuvent faire ce qu'ils veulent, alors je veux beaucoup d'argent.

— Oui, dit-il en se levant, mettant une main sur son épaule. On dirait que nous sommes sur la même longueur d'onde.

DIX

Le sénateur des États-Unis, Douglas Todd, avait représenté le grand État du Texas pendant les quinze dernières années et, selon le juge Coale, son soutien serait inestimable quand Easton monterait les échelons, jusqu'à un siège fédéral dans une Cour d'Appel ou un tribunal de grande instance.

Cet objectif ne serait pas atteint avant des années, mais naviguer dans les eaux judiciaires requérait un plan à long terme.

C'était la raison pour laquelle Easton se trouvait chez *Jeffries*, l'un des meilleurs restaurants d'Austin, partageant un dîner avec le sénateur, même s'il eût largement préféré être à la maison dans le jacuzzi avec Selma, à célébrer la contre-offre qu'ils avaient mise au point et qu'ils avaient faxée aux avocats de Penoldi-Gryce dans l'après-midi.

Il ne devrait pas se plaindre. Ce genre de dîner était assorti d'une nouvelle influence. De plus, le sénateur Todd avait mené une vie fascinante. Malheureusement, il n'était pas doué pour la raconter, et le récit de son service dans l'armée et à la CIA ressemblait à une pub pour de l'huile de moteur.

Easton avait du mal à ne pas s'endormir. Honnêtement, il faisait de gros efforts pour paraître intéressé, plus qu'il n'en avait fait de toute sa vie. D'autant plus que le sénateur ne semblait pas du tout chercher à mieux le connaître, ce qui semblait contredire le bien-fondé de ce dîner. Comment Todd pouvait-il soutenir Easton en tant que candidat plein d'avenir dans la magistrature s'il ne savait rien de lui ?

Easton n'en avait aucune idée. Pour être franc, il s'en moquait, mais il tirerait sans aucun doute les oreilles du juge Coale plus tard.

Pour l'heure, tout ce qu'il voulait, c'était rentrer chez lui. S'il partait assez tôt, il pourrait aussi passer voir Selma. Après tout, ils avaient un marché, et aujourd'hui, ils n'avaient fait que travailler. Il était temps de rééquilibrer la balance.

— À ce moment-là, je me suis rendu compte que

l'initiative ne mènerait nulle part si je ne l'appuyais pas, dit le sénateur.

Easton avait complètement perdu le fil de la conversation, mais il fut sauvé par la sonnerie de son téléphone.

— Veuillez m'excuser, coupa-t-il en sortant son appareil. Je le mets sur vibreur habituellement, mais ma mère est malade.

C'était un mensonge, naturellement, et il lui devait un appel pour l'avoir utilisée comme excuse. Pour l'instant, il se moquait de qui lui envoyait un message. Il ouvrit l'application, regarda l'écran et perdit presque le contrôle sur le coup.

Selma. Complètement nue et entortillée dans ses couvertures, juste assez pour être impudique sans pour autant être pornographique. En fait, c'était parfaitement l'idée qu'Easton se faisait de son dessert.

Sous la photo, il lut : *Tu veux jouer ?*

Oh, oui. Comme jamais.

Qui a pris cette photo ?

Ce n'était pas ce qu'il avait l'intention de demander, mais la jalousie avait pris le contrôle de ses doigts.

C'est à ça que servent les trépieds et les télécommandes. J'ai envie de toi. Je voulais que tu le saches.

Le soulagement que ce ne soit pas une vieille photo qu'un autre homme aurait prise, ou pire, que quelqu'un d'autre soit avec elle, le frappa avec une force inattendue.

Chez moi. Dans une heure. Je te veux comme ça.

Merde, qu'était-il en train de faire ? Des sextos dans l'un des plus grands et des meilleurs restaurants de la ville ? Pendant qu'il bavardait avec un sénateur ? Ce n'était pas l'Easton qu'il était devenu ces deux dernières années, quand son plan pour accéder à un siège à la cour avait évolué. Et ce n'était certainement pas la voie qui le ferait élire.

Cela dit, ça le desservirait seulement si quelqu'un le découvrait. Il marchait sur cet étroit chemin depuis si longtemps qu'il pouvait se permettre un peu de répit. Une petite pause dans les ténèbres. Après tout, Selma ne serait pas une figure permanente. C'était une soupape. Une nécessité temporaire.

Honnêtement, compte tenu du déroulement de sa soirée, elle présentait une échappatoire bienvenue.

— Sénateur, je suis vraiment désolé, mais je ne pourrai pas rester pour le dessert et le café. Je dois rentrer et m'occuper d'affaires familiales.

Easton se leva avec les premiers rayons du soleil, puis se retourna, essoufflé et satisfait alors que Selma se pelotonnait contre lui. Elle l'avait accueilli à la porte quand il était rentré, courant nue à travers son salon pour atterrir dans ses bras.

Il l'avait prise sur le sol, rapidement et sauvagement, avant de se déplacer vers le lit pour un rappel, cette fois plus doux et langoureux. Elle était de loin la femme la plus réceptive, agressive, sexy et fascinante qu'il ait rencontrée et il n'avait aucun regret d'avoir laissé le sénateur de côté.

En revanche, il se demandait où les choses le mèneraient à partir de là. Quand il pensait qu'elle pourrait ne plus être dans sa vie...

En toute franchise, il n'y pensait pas, car il n'aimait pas cette notion.

Les doigts de Selma descendaient sur son torse en décrivant des motifs jusqu'à ses abdominaux.

— Tu penses trop, lui dit-elle. Tu veux en parler ?

— Je me demandais si tu voulais venir pour la soirée de charité ce soir, répondit-il alors que l'idée germait dans son esprit. C'est pour l'alphabétisation et c'est à la décharge.

Elle se redressa sans se soucier que les couvertures tombent autour d'elle.

— Pardon ?

— Le Système d'Élimination du Texas entretient un ranch exotique à côté de la décharge. C'est leur manière de compenser. Il n'est pas ouvert au public, mais ils louent le pavillon pour certains événements.

— C'est génial. Je vais pouvoir voir les animaux ?

— Absolument.

— Tu es sûr que je peux venir ? Avec toi, je veux dire ?

Les regrets le poignardèrent.

— Probablement pas. Mais j'ai un billet en plus. Tu peux être l'une des invitées. Une personne que je dois amadouer pour obtenir plus de votes plus tard.

Elle rit et le chevaucha.

— Je ne sais pas. Tu m'as déjà bien amadouée. Je n'ai pas d'autre vote à te donner.

Il posa ses mains sur les fesses de Selma.

— Pour le moment, moi non plus, mais plus tard, j'espère pouvoir t'amadouer encore plus.

— Marché conclu.

Elle glissa pour le libérer et roula sur le lit.

— Je dois prendre une douche et sortir d'ici. C'est quand ?

Il se redressa, plus contrarié qu'il ne le devrait du fait qu'elle s'en aille. Il lui avait presque ordonné de venir la nuit dernière sans même penser qu'elle pouvait avoir d'autres projets.

— Dix-neuf heures, répondit-il. Tu ne restes pas pour le petit-déjeuner ?

— Je vais prendre un café et un beignet sur la route, répondit-elle en penchant la tête. Tu veux te joindre à moi ?

— Il n'est même pas neuf heures, un samedi matin. Où vas-tu ? demanda-t-il, mais elle se contenta de sourire.

— Et si on commençait par une douche ? Tu sauras pour le reste une fois que nous y serons.

L'endroit en question était le parc San Gabriel à Georgetown, une ville à une trentaine de minutes à l'extérieur d'Austin, où une dizaine d'enfants de moins de treize ans couraient entre les maisons gonflables et les ateliers d'artisanat, en passant par les cabines photo de fortune.

— C'est quoi ? demanda Easton quand ils quittèrent la voiture pour se diriger vers le groupe.

— Je travaille avec un organisme qui emmène les enfants des familles d'accueil en excursion. Certaines familles ne peuvent pas se le permettre ou sont tout simplement surchargées. Ça permet aux enfants d'avoir des interactions, et les parents peuvent aussi venir s'ils le peuvent.

Il lui jeta un regard en coin.

— C'est une bonne cause.

Elle haussa les épaules.

— Il y a un réel besoin.

Comme ils avaient atteint un petit attroupement d'adultes, il ne posa pas de questions sur la raison de l'émotion soudaine dans sa voix. Au lieu de ça, il accepta la mission qu'on lui présenta : jouer au ballon avec un groupe de jeunes garçons pendant que Selma installait un poste de maquillage et se mettait à décorer les visages d'une longue file de fillettes.

Après une heure, Easton était épuisé. Il supplia les garçons d'arrêter un moment. Pour se reposer, il les emmena au bord du fleuve. Quelques enfants et accompagnateurs étaient déjà là, avec du pain rassis pour le donner aux canards, certains d'entre eux étant suffisamment apprivoisés pour manger à même la main des enfants.

— Tu es vraiment avocat ? demanda un garçon de onze ans, prénommé Alfonse, les mains sur les hanches, les yeux rivés sur le visage de son interlocuteur.

— Oui.

— C'est ce que je veux devenir, moi aussi. Mon père a battu ma mère. Il est en prison maintenant et elle ne peut plus s'occuper de moi. Je veux être procureur.

L'estomac d'Easton fit des nœuds en entendant les paroles de l'enfant, mais il essaya de ne pas le montrer. Il avait cru que sa propre enfance, avec les problèmes juridiques et financiers de ses parents, avait été difficile ? Comme c'était présomptueux.

— Je pense que tu seras un bon procureur. Tu sais ce qu'est la justice et tu as vu pourquoi ils se battent.

L'enfant sourit, comme si Easton l'avait nommé procureur à l'instant.

— Oui. Mon père est un con. Gary, ça va, par contre.

— Gary ?

— Mon père d'accueil. Jessie et lui vont essayer de m'adopter.

Il avait un grand sourire, mais un peu triste aussi.

— Ils veulent me garder. Mon père, non, et ma mère ? enchaîna-t-il en haussant les épaules. Je pense qu'elle ne voulait pas vraiment non plus. Au moins, elle ne me frappait pas.

Grand Dieu. Que pouvait-il dire à cet enfant ?

— Alfonse, tout le monde suit un chemin. Certains commencent par des sentiers sinueux, mais il semblerait que le tien devienne de plus en plus droit. Tiens, nous resterons en contact. Je le pense.

Il lui tendit l'une de ses cartes de visite.

Le visage du garçon s'illumina et il glissa la carte dans sa poche arrière avant de courir vers la rive, rejoignant un groupe d'enfants qui l'appelait.

Easton, quant à lui, se rendit au stand d'accueil et but trois verres d'eau d'affilée. La tête lui tournait.

Il passa les deux heures suivantes en pilote automatique, mais quand ils retournèrent à la voiture, il avait matière à réfléchir. Au feu rouge, il se tourna vers Selma.

— Ces enfants... Ils ont eu une vie difficile.

— Oui.

— Toi aussi ? demanda-t-il gentiment.

Elle ne répondit pas et le feu passa au vert. Il continua en silence, furieux contre lui-même pour avoir posé une question aussi personnelle. De toute évidence, ce n'était pas la direction qu'elle souhaitait emprunter.

Il entra dans son garage et coupa le moteur.

— Tu veux entrer ? Ou aller chez toi ? Tu viens toujours au gala ce soir, hein ?

Elle se tourna pour le regarder, les sourcils froncés. Puis elle retira son t-shirt blanc. Il n'y avait rien de sexuel dans cet acte, et il ne fut pas surpris quand elle désigna son petit tatouage sous le sein, près de son cœur. Un mot. *Please*.

— Tu m'as posé une question sur ce tatouage, tu te souviens ?

Il hocha la tête.

— C'était mon premier. J'avais douze ans. Matthew et moi, nous étions dans une famille d'accueil depuis un moment et nous avons appris que les Herrington voulaient nous adopter. Je suis sortie de la maison, ce soir-là, et j'ai réussi à entrer dans un salon de tatouage. Je paraissais plus vieille que mon âge et ils ne m'ont pas demandé de pièce d'identité. C'est certainement un miracle que je n'aie pas attrapé une hépatite avec l'aiguille, parce que l'endroit était dégoûtant. En tout cas, c'est ce que j'ai choisi. Sur mon cœur. *Please*. S'il vous plaît, faites que ce soient les bons parents. S'il vous plaît, faites que ça dure.

Que ça dure. Les mots résonnèrent dans son esprit.

— Ont-ils découvert que tu étais sortie ?

Elle acquiesça.

— Oh, oui. Ma deuxième journée dans leur maison, et j'ai été punie. J'ai cru que c'était la fin, mais les choses ont continué à progresser. J'étais tellement persuadée que la fin arrivait, puisque ça avait toujours été le cas, et quand nous sommes passés devant le juge et qu'ils ont été officiellement mes parents, j'ai eu le tournis.

— Et maintenant ?

Son rire était sec.

— Maintenant, je sais que j'ai quelque chose de solide, mais je m'attends toujours à ce que tout s'effondre. Je suis du genre à voir le verre à moitié vide. Matthew est persuadé que nous avons payé notre dû, que nous avons trouvé notre Shangri-La. C'est un gars qui voit le verre à moitié plein.

Il expira, écrasé sous le poids de son histoire et de ses yeux sombres, se remémorant le regard plein d'espoir du petit Alfonse. Il lui prit la main.

— Je suis désolé que tu manques d'assurance. Peut-être qu'un jour, tu cesseras de croire que le sol va s'effondrer sous tes pieds.

— Peut-être, approuva-t-elle, mais je ne parierais pas là-dessus.

ONZE

Selma ne s'attendait pas à ce que la décharge soit aussi épatante. D'une certaine façon, elle n'avait pas réussi à faire coïncider dans son esprit *animaux exotiques* et *déchets*. Une fois là-bas, cependant, elle fut fascinée par les zèbres, rhinocéros, tigres et autres animaux sauvages qu'elle vit au cours de la petite visite guidée offerte aux invités.

Puisqu'elle n'était pas officiellement là avec Easton, elle faisait partie d'un groupe différent, et maintenant qu'elle était de retour dans le pavillon, elle se baladait entre les tables – certaines proposaient des informations sur l'alphabétisation, d'autres présentaient les différents objets proposés pour les enchères silencieuses – tout en sirotant son verre de Chardonnay.

L'alphabétisation était une noble cause, mais à l'exception des animaux, elle s'ennuyait. Un état de fait auquel Easton aurait pu remédier en restant à ses côtés.

Elle ne le voyait nulle part. Ne l'*avait* vu, rectifia-t-elle à présent. Maintenant, elle apercevait ses cheveux bruns et ses larges épaules par la fenêtre et elle s'efforça de garder son calme tandis qu'elle marchait vers la porte principale, plutôt que de sauter partout comme un cabri.

Elle s'arrêta net quand il entra. Marianne était à son bras, le visage rayonnant.

Les petits monstres verts de la jalousie commencèrent à lacérer les entrailles de Selma. Elle se dit qu'elle était vraiment stupide. Elle n'avait aucun droit d'être jalouse. Ils étaient collègues de travail. Elle savait qu'ils allaient ensemble à ce genre d'événement. Il voulait devenir juge. Bien sûr qu'il voulait quelqu'un comme Marianne à ses côtés. Après tout, qui pourrait la voir, *elle*, comme la femme du procureur ?

La femme ?

D'où cette pensée lui était-elle venue ?

La compagne, du moins. La cavalière. Elle n'était *absolument* pas faite pour la politique.

Une évidence que prouvait le caractère raisonnable de leur plan original : un contrat pour vendre la distillerie, tout en passant du bon temps, pendant que les négociations leur donneraient de bons souvenirs à tous les deux une fois qu'ils se sépareraient.

C'était leur accord, et il avait du sens.

Pourtant, elle ne pouvait nier que la perspective que leurs chemins se séparent mettait son moral en berne. En voyant une autre femme à son bras, elle avait soudain des envies malveillantes.

Merde. Elle avait vraiment des ennuis.

— Selma !

La voix enthousiaste sortit Selma de son apitoiement et elle se tourna pour trouver Elena qui lui souriait en s'approchant, accompagnée par une femme athlétique aux cheveux bouclés et aux yeux bleus perçants.

— Elena ! Que fais-tu ici ?

— Du social. J'ai bientôt un entretien avec le directeur d'une de ces sociétés de préservation historique. Je me suis dit que je pourrais le rencontrer de manière informelle d'abord.

— Bonne idée.

Elena voulait passer un diplôme dans l'urbanisme et elle souhaitait accumuler autant d'expérience que possible.

— Et toi ? Pourquoi es-tu ici ?

— Easton avait une invitation en plus. Je... hmm, c'est un petit cadeau qu'il fait à sa cliente.

— Easton Wallace ? demanda l'autre femme. Je le cherchais, justement. Je suis Hannah. Hannah Donovan.

— Hannah vient au *Fix* parfois. C'est une amie de Shelby. Tu l'as rencontrée une fois avec Nolan, tu te souviens ? Mister Avril.

C'était le cas. Elle se souvenait aussi du nom de Hannah, mentionné quand elle et Easton travaillaient dans la salle de conférence et que les ridicules monstres verts de la jalousie avaient amorcé leur œuvre de sape.

— Je viens de le voir avec une autre femme de son cabinet.

Hannah fit la grimace.

— Ça doit être Marianne. Je pense que le juge Coale la veut au bras d'Easton seulement parce qu'elle est trop insipide pour être offensante envers qui que ce soit.

Selma ravala un rire. Son estime pour cette femme venait de remonter.

— Comment as-tu rencontré Easton ?

Hannah fit un geste évasif.

— Mon Dieu, ça fait des lustres. Nous étions amis à l'école de droit, quand nous faisions des simulacres de procès. Nous sommes sortis ensemble environ sept secondes, mais ça n'a pas collé. Nous avons perdu le contact pendant un an, j'ai fini par sortir avec une fille qui était jalouse de tous mes anciens petits amis, et ensuite j'ai déménagé à Austin pour le travail. C'est là que nous nous sommes retrouvés.

Les dernières bribes de jalousie s'effacèrent.

— Tu le connais parce que tu es une cliente ?

Selma hocha la tête.

— Il négocie la vente de mon affaire.

Hannah réprima un petit sourire.

— Si tu le dis.

— Quoi ? fit Elena.

Hannah regardait toujours Selma.

— J'ai sûrement surestimé à quel point Easton et moi étions amis. Pour être honnête, avant que le juge Coale ne commence à lui tracer la voie pour qu'il devienne juge à son tour, nous pensions ouvrir un cabinet tous les deux. J'aimerais retourner dans les tranchées. Le travail en entreprise paie bien, mais c'est assez monotone.

Selma fronça les sourcils, pas certaine de bien comprendre. Hannah était une touche-à-tout, et Selma présumait que s'ils travaillaient ensemble, Easton s'occuperait des procès et qu'elle ferait le travail en amont.

— Désolée, ce que je veux dire, c'est que nous parlons beaucoup, tous les deux. C'est un de mes plus proches amis, même si, depuis qu'il fait campagne et avec ses activités récentes qui sortent de l'ordinaire, nous nous voyons moins souvent.

— Oh.

Selma rougit, ce qui ne lui ressemblait *vraiment* pas.

— Qu'est-ce qu'il t'a dit ? ajouta-t-elle.

Hannah leva une épaule.

— Rien d'embarrassant. Je suis contente pour lui. Une chose est sûre, tu lui plais beaucoup. Je suis désolée que les choses doivent rester clandestines. La politique, c'est une plaie.

— Ça, c'est sûr, confirma Selma.

À côté d'elles, Elena était abasourdie.

— Mais vous parlez de quoi, toutes les deux ?

— Je baise avec Easton, répondit Selma en choisissant ces mots intentionnellement, parce que c'était trop amusant de choquer Elena. Ne le dis à personne, d'accord ?

— Mais tu pars en Écosse bientôt !

— Ce sont peut-être mes grands adieux, rétorqua-t-elle.

Mais les mots étaient amers dans sa bouche.

— Dans tous les cas, on s'amuse bien.

— En parlant du loup, souffla Hannah en voyant Easton approcher.

— On dirait que vous mijotez quelque chose, toutes les trois, leur dit-il.

— Toujours, répondit Hannah.

Au même instant, le téléphone de Selma émit un tintement, le signal sonore qu'elle avait attribué à Matthew.

Elle le sortit et regarda l'écran. Elle se glaça.

Urgence.

— Excusez-moi.

Elle fit un pas à l'écart, le cœur battant la chamade, pour appeler son frère.

— Papa a eu une crise cardiaque, dit-il sans préambule.

Elle n'avait pas entendu le téléphone sonner.

— Oh, mon Dieu. Comment...

— Ça va, il est stable. Il est à l'hôpital en Chine. Maman dit qu'ils s'occupent de lui. Elle a essayé de t'appeler aussi, mais ça n'arrêtait pas de couper.

— Ils rentrent à la maison ? Je peux l'appeler ?

— Tu peux essayer. Elle a dit qu'elle t'enverrait un mail quand elle aurait un moment. Pour le retour à la maison, ils vont rentrer par bateau. Elle dit que ça forcera papa à se reposer.

Selma ferma les yeux et hocha la tête. Quand elle

les rouvrit, les deux jeunes femmes et Easton la regardaient, pleins d'inquiétude.

— C'est mon père. Il va bien, mais il a fait un arrêt cardiaque, expliqua-t-elle avant d'adresser un faible sourire à Easton. Merci pour l'invitation. J'ai adoré les animaux. Mais si ça ne t'ennuie pas, je pense que je vais rentrer. Je me sens un peu à cran.

Des milliers d'émotions semblèrent passer sur son visage, mais elle savait qu'il ne pouvait pas exprimer ce qu'il ressentait en public. À ce moment précis, elle s'en fichait. Elle se sentait molle, et après avoir dit au revoir, elle conduisit jusque chez elle sans y penser, avant de se pelotonner sur le canapé sans même savoir comment elle était rentrée.

Elle somnola quelques heures, puis elle consulta sa boîte mail. Comme promis, sa mère lui avait envoyé un message pour lui donner des nouvelles de son père qui, heureusement, n'étaient pas alarmantes. En réalité, ce fut la façon dont sa mère s'adressait à elle qui joua avec ses nerfs.

Chérie, je sais que tu es lassée d'entendre la même rengaine de ma part, mais je dois te la chanter une fois encore... S'il te plaît, arrête de jouer à la marelle avec ta vie. J'ai peur que cette alerte avec ton père te pousse dans la direction opposée. Que tu imagineras la douleur de le perdre et que tu repousseras toutes les personnes qui sont proches de toi avant que ce soit eux qui le fassent. Tu crois que je ne le vois pas. Je suis une mère, oui, mais j'ai eu la chance de te voir avec les yeux d'une inconnue au départ. Je te vois mieux que tu ne le crois. Je t'aime pour tout ce que tu es, mais ça m'inquiète aussi.

Je voudrais que tu sois heureuse et posée, mais ça ne veut pas dire que tu ne pourras plus voyager et t'amuser. Je veux que ta vie soit excitante et mémorable. Mais ne saute pas trop haut pour arriver au sommet d'une montagne. Prends le temps d'explorer ce qui t'entoure. Vis ta vie, Selma. Ne bondis pas pour la traverser. Prends le temps d'aimer et d'apprendre. Je te promets que la douleur qui l'accompagne parfois est un bien petit prix à payer pour vivre pleinement ton existence.

Je t'aimerai toujours. Papa et moi, nous te reverrons quand nous serons à quai aux États-Unis. En attendant, imagine-nous en train de bronzer et de nous reposer sur le pont d'un navire. Pense à ce que je t'ai dit.

Avec amour et des baisers.
Maman

. . .

Selma tenta de relire le mail, mais ses yeux se remplirent de larmes. Elle serra son téléphone contre elle et ferma les yeux, espérant se rendormir... Puis elle sursauta quand une main se posa sur son épaule.

— Je suis désolé.

La voix d'Easton la bouleversa.

— Tu n'avais pas fermé ta porte à clé.

Elle se redressa, un peu sonnée, et se rendit compte qu'elle somnolait.

— Quelle heure est-il ? Le gala est terminé ?

— Je suis parti avant la fin. Je serais arrivé plus tôt encore, mais je ne connaissais pas ton adresse. J'ai dû passer au bureau pour la trouver.

— Mon petit chez-moi, dit-elle en montrant le studio qui occupait une partie du premier étage de la distillerie.

Elle fronça les sourcils.

— Tu es parti plus tôt ?

— J'étais inquiet pour toi.

— Oh.

Les mots la réchauffèrent, lui faisant plus plaisir qu'elle ne s'y attendait.

— Qui est Marianne pour toi ?

Elle cligna des yeux. Elle n'avait pas eu l'intention de lui poser cette question, mais c'était sorti tout seul.

— Personne, répondit-il, ajoutant foi à ce que Hannah avait dit. Mon mentor pense qu'elle est une alliée parfaite pour les événements politiques.

— Elle t'aime bien. Et pas en tant qu'alliée.

Il secoua la tête.

— Ce n'est pas un problème.

— Peut-être pas pour toi, mais j'ai vu son expression.

— Pareil. Ce n'est pas un problème.

Elle se passa la main dans les cheveux.

— Et Hannah ?

— Serais-tu jalouse ?

Elle croisa son regard, prit une grande inspiration et déclara :

— Oui.

— Oh.

Il tituba sous le coup de la surprise. Elle ne pouvait pas le lui reprocher. Étant donné leur accord, cette annonce ne lui ressemblait pas du tout. Peut-être que les mots de sa mère l'avaient touchée plus qu'elle ne l'aurait voulu.

— Bien, ajouta-t-il en souriant. Je pense que j'aime que tu sois jalouse.

— Salaud, lança-t-elle doucement. Sérieusement, qui est Hannah pour toi ?

— Une de mes meilleures amies.

— C'est ce qu'elle a dit. J'aime les preuves concordantes.

Son rire la traversa et elle insista :

— Pourquoi n'ouvres-tu pas ton cabinet avec elle ?

— Je vais me faire élire juge.

— Je te demande pourquoi.

— Beaucoup de raisons. Cette carrière a du sens à mes yeux, je pourrai aider les gens.

— Ce n'est pas toi. Je veux dire que j'ai vu certains aspects de ta personne, et ils ne sont pas vraiment juridictionnels. Pour ce qui est d'aider les autres, je croyais que les juges travaillaient avec les avocats plus qu'avec les gens eux-mêmes...

Il ne dit rien, mais quand il reprit la parole, elle en fut étonnée. Et pas dans le bon sens du terme.

— Pourquoi est-ce que tu continues à pinailler sur des détails mineurs dans ce contrat de vente ?

— Quoi ? Je ne...

— Oui. Nous aurions pu conclure cette affaire il y a des jours, mais nous revenons toujours sur les mêmes points. Je ne pense pas que ce soit seulement parce que tu veux passer plus de temps avec moi.

— Je veux la meilleure affaire possible.

— Peut-être que la meilleure, c'est de ne pas le faire.

— Merde, Easton, ne joue pas au psy de comptoir.

Il arqua un sourcil.

— Vraiment ?

Elle se leva et tendit la main.

— Vraiment. On fait une trêve ?

Il l'attira à lui et la posa sur ses genoux pour l'embrasser. La sensation de ses lèvres contre les siennes et du corps chaud et ferme d'Easton sous le sien l'apaisait comme rien d'autre n'aurait pu le faire.

— Une trêve, murmura-t-il avant de la serrer dans ses bras.

Pendant un moment, ils restèrent ainsi. Elle s'accrocha à lui, puisant dans sa force. Au bout d'un moment elle recula, chercha quelque chose dans ses yeux. Ce qu'elle y vit lui donna la force de prononcer les paroles suivantes.

— Je ne veux pas penser que nous sommes plus que ce qui était convenu, commença-t-elle. Je veux dire que nous avions un accord, mais je veux...

— J'emmerde l'accord, l'interrompit-il d'une voix rauque, sensuelle. C'est seulement toi et moi. Pas de contrat. Pas de règles. À notre manière, et advienne que pourra.

— Qu'est-ce que tu veux, toi ? demanda-t-elle.

— Je veux continuer. Je te veux dans mon lit. Je te veux dans ma vie. Ça te fait peur ?

Elle passa la langue sur ses lèvres et acquiesça.

— Excuse-moi, mais je ne crois pas que tu sois le genre de femme qui se débine devant ce qui lui fait peur.

Un rire éclata en elle.

— Oh, bien sûr que si. Les émotions me font peur, en tout cas.

Elle inspira, puis elle prit les joues d'Easton entre ses mains.

— Mais je ne veux pas te fuir.

— Qu'est-ce que tu veux, alors ? Laisser la vente de côté, c'est ça ?

Elle pencha la tête en réfléchissant à la question.

— Je veux voyager. Voir le monde. J'aime explorer. Je veux apprendre à peindre. Je veux savoir lire le grec. J'aimerais aller à l'opéra et regarder des films de Bollywood. Je veux écraser des raisins en France. Et je ne veux pas me réveiller un matin en réalisant que j'ai passé ma vie dans un livre de comptes.

— Tu ne penses pas pouvoir faire tout cela en gardant ta distillerie ?

Elle haussa les épaules.

— Ce sera certainement plus facile sans.

— Beaucoup de choses sont plus faciles sans. Mais c'est plus solitaire, aussi.

Les paroles de sa mère firent écho dans sa tête.

— Je peux te poser une question ?

Encore une fois, elle rit.

— Je pensais que tu le faisais déjà.

Il esquissa un sourire suffisant.

— Comment as-tu réussi à pénétrer chez moi ?

Toute légèreté s'évapora.

— Oh. Avant que les Herrington nous adoptent, Matthew et moi, nous étions en foyer d'accueil. Je te l'avais dit, hein ? Enfin, avant que notre mère biologique nous abandonne au centre commercial, elle nous laissait souvent seuls à la maison. Nous n'avions pas de nourriture pendant des jours.

— Mon Dieu.

L'horreur dans sa voix était spontanée.

— Oui. Ce n'était pas la joie. Enfin, c'était comme ça. Alors, Matthew et moi, nous volions ce dont nous avions besoin.

Elle parlait d'un ton égal, mais quand il lui prit la main, elle sut qu'il sentait sa douleur sous-jacente.

— Il n'y arrivait jamais avec les systèmes d'alarme, mais moi, je savais les contourner. Pour être franche, je n'avais pas testé mes aptitudes depuis un moment. Le tien était difficile, mais jouable.

— Hmm. Je vais devoir l'améliorer.

Il fit une pause puis il dit :

— Selma, je...

Elle posa un doigt sur ses lèvres.

— Ne le dis pas. Pas de regrets. Je suis passée à autre chose.

— Vraiment ?

Elle se détourna.

Il plia un doigt sous son menton et fit pivoter sa tête dans sa direction.

— Je n'aime pas l'idée que tu déménages en Écosse.

Ces quelques mots firent danser des papillons dans son ventre. Elle lui avait parlé de tout son projet, bien sûr, mais ils n'en avaient pas discuté jusque-là.

— Et je suis vraiment jaloux de ce mec. Sean O'Reilly. Il me fait penser à un méchant dans les films de Tom Clancy. Tu devrais en rester loin.

Elle s'esclaffa, soudain plus heureuse qu'elle se rappelait l'avoir été depuis un moment. Ce qui n'avait aucun sens. Mais, bien sûr, cela allait de soi.

— Ne t'inquiète pas. Il est fiancé.

Les yeux d'Easton se plissèrent.

— D'accord, alors. Il est peut-être correct, fit-il en soupirant. Je ne sais plus.

— S'il est correct ?

Elle avait du mal à le suivre.

— Non, ce que nous faisons, clarifia-t-il. J'ai perdu de vue ce que nous sommes, quelque part en chemin.

Elle l'embrassa doucement, avec tendresse.

— Ne t'en fais pas. Nous allons le découvrir ensemble.

DOUZE

— Que les choses soient bien claires, si tu fais du mal à ma sœur, je te tue.

Easton était assis sur un des bancs rembourrés dans la salle de sport de Matthew et il fixait son ami du regard.

— Euh, je pensais que tu allais m'assurer.

Ils avaient l'intention d'aller boire un verre, mais comme à l'exception de ses ébats acrobatiques, Easton ne s'était pas entraîné récemment, ils avaient décidé de discuter en soulevant des poids et s'exerçant aux machines.

— Je vais t'assurer tout en t'interrogeant. Crois-moi, tu auras intérêt à me donner les bonnes réponses.

— Je n'ai aucune intention de faire du mal à ta

sœur. Ce qu'elle se fait à elle-même, par contre, ce n'est pas de mon ressort.

— Que veux-tu dire ?

— Elle ne veut pas vendre la distillerie. J'espère seulement qu'elle s'en rendra compte avant de commettre une erreur.

Matthew le dévisagea.

— Je suis d'accord. Et toi ? Es-tu une erreur ?

Easton pensa à sa campagne qui n'avait pas de sens. Comment avait-il laissé Marianne l'accompagner à la place de la femme dont il tombait réellement et rapidement amoureux ?

— Non, répondit-il résolument, mais j'ai commis quelques erreurs. Je vais les corriger.

— Comment ?

— Je n'en suis pas certain, admit Easton. J'aime ta sœur. Je pense même que j'en suis amoureux. Alors, je te promets que je vais trouver une solution.

C'était proprement effrayant. Devant lui, Matthew hocha la tête.

— Je comprends. Si tu lui fais du mal, ne viens pas râler quand des haltères te tomberont sur la tête un jour.

Easton éclata de rire.

— Marché conclu.

Il passa quelques heures de plus avec Matthew,

puis il partit voir Selma. Elle n'était pas chez elle et il en fut étonné. Quand il la trouva, elle était avec un groupe d'amies et il ne voulait pas passer pour un mec en manque qui venait l'arracher à ses copines. Ou du moins, il ne franchit pas ce cap pour ne pas admettre qu'il avait besoin d'elle.

Malheureusement, il ne la verrait pas beaucoup cette semaine, parce qu'il avait un procès à Waco et qu'il devait partir à l'aube lundi. Selma, cependant, n'était pas prise de court par la distance. Cette femme avait élevé les échanges de messages en une forme d'art. Tout ce qu'Easton avait à faire, c'était de se souvenir de garder son téléphone hors de vue de son client et de l'avocat de son adversaire. Personne d'autre n'avait besoin de voir les sextos épicés qu'ils s'enverraient.

Le procès était épuisant et brutal, ce qui était une bonne chose. Premièrement, il aimait l'excitation du tribunal et la stimulation intellectuelle. C'était quelque chose qui lui manquerait sans aucun doute s'il gagnait l'élection.

En plus de cela, un avantage de la concentration intense du procès, c'était qu'il n'aurait pas le temps de se languir de Selma ou de pleurer sur le temps où ils étaient séparés.

Quand il eut terminé les préparatifs, le jeudi soir,

il était tout à fait disposé à des messages coquins.
Sauf que, cette fois, elle ne lui envoya pas de photos
osées ni de mots crus décrivant ce qu'elle lui ferait
quand elle le reverrait. Non, ce qu'il reçut, ce furent
des photos de chauve-souris.

Il l'appela dans la seconde.

— Des chauves-souris ? J'espérais voir des seins.
Les tiens, en fait.

Son rire le fit sourire.

— Dommage pour toi. Je travaille sur un nouveau
logo pour le Bourbon Molosse. Qu'est-ce que tu
penses de l'image du milieu ?

Il ne prit pas la peine de regarder. Il fronça les
sourcils devant le téléphone.

— Chérie, qu'est-ce qui se passe ?

— Quoi ?

— La marque ne te concerne plus. Enfin, une fois
que tu auras signé.

— Oh, je sais. Je passais le temps, c'est tout. Au
fond, c'est ce que je lègue. Je devrais quitter l'entreprise avec la marque exactement comme je voudrais
qu'elle soit, non ?

Ce n'est pas aussi simple.

Au lieu de ça, il lui dit :

— De quoi as-tu peur ?

— Pardon ?

— Tu crains d'être prisonnière si tu gardes la distillerie ? Il n'y a pas de barreaux. Tu cherches à vendre avant qu'elle s'effondre ? Ce ne sera pas le cas, et même si ton entreprise chavirait, tu survivrais. Tu crains de t'ennuyer ? Là non plus, aucun risque. Tu saurais trouver une idée géniale même engluée dans du bitume. Tu es ce genre de personne.

— Easton...

— Ou alors, tu as peur d'être seule ?

Il entendit une brève inspiration.

— Tu ne le seras pas.

— Ça, tu ne peux pas me le promettre.

Il hésita, puis ferma les yeux.

— Si, je peux.

— Je... commença-t-elle, la voix rauque.

— Viens avec moi samedi, à la soirée du Musée pour Enfants.

— Quoi ?

— Tu seras ma cavalière officielle.

— Mais...

— Je veux que tu sois avec moi. Je veux que nous soyons ensemble.

Elle resta silencieuse.

— Tu m'as dit une fois que tu comprenais ce que c'était d'avoir le monde qui s'effondrait sous tes pieds. Je connais l'histoire derrière le *please*. Il est peut-être temps que tu arrêtes d'avoir peur, Selma. Dis oui et viens avec moi.

Pendant un instant, il y eut un silence. Enfin, il entendit un doux « oui » à mi-voix, suivi par le son du téléphone raccroché.

Selma composa l'indicatif de l'Écosse, puis posa le téléphone.

Cinq minutes plus tard, elle le reprit. Cette fois, elle composa tout le numéro de Sean avant de se raviser.

La fois suivante, une heure après avoir pris sa douche, elle se força à composer le numéro et à appuyer sur appel.

Elle entendit la sonnerie inhabituelle indiquant qu'elle n'appelait pas aux États-Unis, puis elle affermit sa prise afin de ne pas se laisser tenter de raccrocher à nouveau.

Un déclic, un bâillement, et une voix endormie.

— Selma ?

Mince. Elle n'avait pas pensé au décalage horaire.

— Je suis désolée de te réveiller. Je voulais seulement... Je voulais te parler. Pour te mettre au courant.

— Quel courant ?

Elle sourit. La question étrange mêlée à son accent écossais si charmant rendait la phrase presque comique.

— C'est seulement que je... Enfin, je ne viendrai pas, finalement. Je suis désolée de te laisser en plan.

— Ah ?

Un autre bâillement, suivi par « ce n'est rien, mon amour, rendors-toi », à mi-voix. Quand il s'adressa à nouveau à elle, il avait une voix plus humaine.

— Que se passe-t-il ?

— C'est... Pour être honnête, il y a un mec. Non, ce n'est pas ça, se reprit-elle en secouant la tête. C'est Molosse. Je ne suis pas prête à lâcher prise.

Elle ferma les yeux et attendit qu'il se mette en colère. Elle savait qu'il comptait sur son aide. Il lui avait même trouvé un appartement à louer.

Un moment passa, puis un autre. Enfin, il dit :

— Si j'étais toi, je ne pourrais pas partir non plus.

— Tu n'es pas en colère ?

— Non. Déçu de ne pas te voir, mais viens faire un tour quand tu peux.

Le soulagement la submergea, et pour la première fois, non seulement elle fut convaincue de faire le bon choix, mais elle se sentait aussi confortable avec la décision à long terme qu'elle avait prise.

— Promis.

— Et, Selma ? S'il y a un mec dans le décor, emmène-le. Je veux rencontrer l'heureux élu, cet homme que tu as dans la peau.

Elle l'avait dans la peau, réalisa Selma. La preuve la plus flagrante, c'était qu'elle était dans la chambre d'Elena en train de s'habiller pour aller au Musée des Enfants.

Puisqu'Easton avait une réunion du conseil d'administration avant l'événement, elle allait le rejoindre là-bas. Elle voulait qu'il sache, pas seulement par des mots, qu'elle avait pris une décision. À propos de son travail et de sa vie.

Parce que, franchement, elle ne voulait plus voir Marianne à son bras. Elle désirait ce rôle et elle considérait que ce jour-là était une sorte d'audition. Il se trouvait qu'aucune de ses amies ne s'habillait plus élégamment qu'Elena.

— C'est une imitation, dit Elena, mais elle est bien.

— Chanel ?

— Classique, répondit Elena en lui montrant l'ensemble rose. Tu peux l'assortir avec des perles et un chemisier en soie.

Selma regarda l'ensemble conservateur d'un œil dubitatif, puis elle se rappela pourquoi elle le faisait. Elle voulait être le genre de femme qu'il n'hésiterait pas à montrer.

En dessous, elle porterait un string.

— On peut couvrir ton poignet tatoué avec du maquillage. Une teinture rapide pour rendre tes cheveux noirs, qu'on coiffera autour de ton visage. Un maquillage classique et de belles chaussures, ce sera parfait.

— Des chaussures ?

Elle n'avait pas pensé à en prendre.

— On fait la même pointure. Je m'en occupe.

Une heure plus tard, les paroles d'Elena étaient devenues réalité. Selma se reconnut à peine quand elle s'approcha du miroir, parée d'un ensemble strict et élégant, un chemisier au col en U avec un collier de perles, fausses mais de bonne qualité. Ses cheveux formaient de jolies boucles qui encadraient son visage, lui donnant une allure à la garçonne.

Les chaussures étaient superbes. Des talons de seulement huit centimètres, mais la matière presque iridescente reflétait la couleur de la robe.

Pour le maquillage, Selma n'en avait jamais porté aussi peu, mais elle devait admettre que ses yeux

étaient mis en valeur. Le ton du rouge à lèvres était
aussi flatteur.

— Je pense que tu es prête, déclara Elena. Va le
chercher, Tigresse.

En riant, Selma fit une accolade à son amie et
sortit pour prendre le Uber qui l'emmènerait au
musée. Elena vivait chez ses parents, à la fois pour
économiser et pour apprendre à connaître son père et
son demi-frère. Leur maison était trop loin pour
qu'elle puisse marcher.

Puisque Selma avait la ferme intention de rentrer
avec Easton, elle avait opté pour un Uber à l'aller.

Le trajet jusqu'au centre-ville fut rapide. Selma
avait à peine eu le temps de se ressaisir quand la
voiture s'arrêta devant le musée et qu'elle se retrouva
sur le trottoir, les nerfs à vif.

Et si Easton ressentait les choses autrement ? S'il
voulait quelque chose de plus permanent entre eux,
alors se présenter en public dans une tenue plus
conservatrice serait une bonne idée.

Mais s'il ne pensait pas vraiment ce qu'il lui avait
dit ? Et si, malgré tout, il voulait seulement continuer
leur relation amicale améliorée ?

Franchement, cette possibilité était trop dépri-
mante pour qu'elle la prenne en considération. Voilà
qui confirmait que Selma était vraiment accro, parce

qu'il n'y avait pas si longtemps encore, elle se serait enfuie si l'on avait osé suggérer autre chose qu'une relation occasionnelle sans attaches.

Pourtant elle en était là, effrayée à l'idée qu'il ne veuille pas s'engager.

Elle hésitait entre rire ou pleurer. Il était certainement préférable de ne faire aucun des deux, compte tenu du mascara qu'Elena avait mis sur ses cils.

— Maintenant ou jamais, murmura-t-elle avant de sourire en passant à côté d'un inconnu qui lui lança un drôle de regard.

Elle entra dans le musée, et on lui indiqua où se déroulait la soirée.

Elle le vit immédiatement. Il était debout tout au bout d'une aire ouverte, avec des expositions scientifiques. On aurait dit une célébrité dans son costume, le menton levé avec assurance et le regard expressif tandis qu'il s'adressait à toutes les personnes autour de lui. Elle n'était pas convaincue qu'il veuille devenir juge, mais à cet instant, elle sut qu'il avait ce qu'il fallait pour être élu.

Enfin, il leva les yeux et son regard se posa sur elle. À ce moment, l'air sembla disparaître de la salle. Il ne restait rien d'autre qu'elle et lui. Elle se sentait comme Maria dans la scène de danse de

West Side Story, quand tout devient noir sauf Tony et elle.

Espérons que son histoire avec Easton aurait une fin plus heureuse.

Elle resta pétrifiée lorsqu'il s'approcha d'elle, retenant sa respiration tant qu'il ne lui prenait pas la main.

— Tu es renversante. C'est encore plus sexy de savoir que sous cet ensemble tu caches tous tes tatouages. Sans mentionner que je suis certain que tu portes de la lingerie très sexy.

Son sourire était si éclatant qu'elle en eut mal aux joues.

— C'est vrai. Et merci.

Il laissa ses yeux la parcourir encore quelques minutes, puis il secoua la tête comme pour se l'éclaircir.

— Viens, je vais te présenter. Le juge Coale est là. J'aimerais que tu le rencontres.

La tempête de papillons qui faisait rage dans son ventre ne lui permit pas de répondre à voix haute, alors elle fit oui de la tête, et ils se dirigèrent main dans la main vers un octogénaire distingué qui tenait cour près d'une pendule. Il s'interrompit à l'approche d'Easton et lui sourit d'un air paternel, comme s'il s'agissait de son fils.

— Juge Coale, j'aimerais vous présenter ma cavalière, Selma Herrington, la propriétaire de la distillerie Molosse d'Austin.

— Ma chère, je suis enchanté de faire votre connaissance.

La poigne du juge était étonnamment forte et Selma comprit pourquoi il avait eu un tel succès en politique. Quand elle repartit, non seulement elle était charmée, mais elle n'avait aucune idée de ce que l'homme pensait d'elle. Impossible de lire sur son visage.

— Il y a quelques autres personnes que j'aimerais te présenter, commença Easton, mais elle le coupa en posa une main sur son bras.

— Oui, mais je dois te dire quelque chose avant.

Il la guida vers un couloir qui menait aux salles de conférences publiques.

— Qu'y a-t-il ?

Elle déglutit.

— Je voudrais annuler notre accord. Je ne veux pas vendre. Je ne veux pas partir en Écosse.

— Je vois.

— Non, dit-elle. Je ne suis pas sûre que ce soit le cas.

Elle prit une inspiration.

— Ce que je veux, c'est toi.

Un muscle se contracta dans sa joue, mais il n'eut pas d'autre réaction. Pendant un moment, elle crut qu'elle avait tout compris de travers. Que ce n'était pas une bonne nouvelle pour lui et qu'elle venait de se ridiculiser.

Puis il lui prit la main, la serra fort et l'entraîna dans le couloir comme s'il avait le feu aux fesses. Il ouvrit la porte d'une des salles de conférence, la referma d'un coup de pied et la plaqua contre le mur.

— Mon Dieu, Selma, tu sais l'effet que tu me fais ?

— Je...

— T'entendre me dire de telles choses ? Te voir habillée comme ça, sachant que tu le fais pour moi. Tu portes des perles. Chérie, tu es merveilleuse.

Easton prit le collier entre ses doigts. Sa respiration était laborieuse, tout comme celle de Selma.

— Alors, c'est bien ? Tu n'es pas...

— Je ne suis rien d'autre qu'excité. Rien n'aurait pu me faire plus plaisir. Quand nous allons rentrer ce soir...

— Oui, murmura-t-elle lorsqu'il se saisit de l'un de ses seins.

Puis, sans crier gare, il s'exclama :

— Oh, et puis merde.

Tirant légèrement sur le collier, il l'attira vers lui.

Le fil cassa, éparpillant les perles partout, mais elle s'en moquait.

— Ignore-les, dit-elle en attirant le visage d'Easton plus près, ouvrant déjà la bouche pour lui.

Il l'embrassa fougueusement. Avec la langue, les dents et le goût du sang. Elle avait l'impression que ses doigts étaient partout. Sur ses mains, sur ses cuisses. Elle se rendit compte que sa jupe était relevée et qu'il avait la main entre ses jambes, son corps collé au sien.

— Maintenant, dit-il. Je dois être en toi maintenant.

— Easton, la fête…

— La porte est verrouillée. Ça va.

Elle gémit lorsque ses doigts glissèrent en elle.

— La porte n'est…

Au même instant, la porte s'ouvrit d'un coup.

Il libéra brusquement sa main et se déplaça pour la protéger de son corps, alors qu'elle clignait des paupières devant les flashes des appareils photo qui crépitaient dans l'encadrement de la porte.

— Je suis vraiment désolé. Si *sincèrement* désolé.

Easton avait répété la même chose tout le long du chemin vers la distillerie. Elle savait qu'il était mort de honte, mais elle allait bien. Elle aurait préféré qu'il lui parle plutôt que de s'excuser sans arrêt.

— J'ai perdu la tête, dit-il. Maintenant, ta réputation et la mienne...

Il se gara derrière son immeuble, puis frappa sa paume sur le volant.

— *Merde.*

— Allez, viens. Nous sommes fatigués. Nous allons dormir. Nous en reparlerons demain matin.

Il secoua la tête.

— Et puis, Marianne qui débarque devant la presse en leur disant que je suis un connard qui n'arrive pas à se contrôler et que tu es une traînée qui m'a suivi partout jusqu'à ce que je cède.

Elle se tendit. Quand Marianne avait dit cela pendant que Selma réarrangeait sa tenue, elle avait dû faire preuve de toute la maîtrise de soi qu'elle avait pour ne pas lui lancer une chaussure à la tête.

— Elle est seulement jalouse que tu sois le candidat et pas elle.

— Je ne le suis plus, qu'est-ce que tu crois ? Une soirée avec toi comme cavalière et tout part en vrille.

Elle se figea. Pétrifiée sous le choc.

— Qu'est-ce que tu as dit ?

Il passa une main dans ses cheveux.

— Je suis seulement en colère.

— Ne me reproche pas ce qui s'est passé. Je suis venue en portant ce que je devais porter et en agissant comme je le devais. C'est *toi* qui as pensé qu'un coup rapide dans une salle au fond serait une bonne idée.

— Et qui a planté ces graines dans ma tête, d'après toi ? La première fois que je te revois depuis dix ans, tu me tripotes dans mon bureau, au *Fix* ou dans les toilettes des femmes au *Winston*.

Elle déglutit, la colère en telle ébullition que ses cheveux pourraient prendre feu. Elle ouvrit la portière. Ce fut tout ce qu'elle parvint à faire.

— Bonne nuit, Easton, dit-elle en sortant, les yeux grands ouverts, en essayant de réprimer ses larmes.

Il se pencha vers elle, lui disant quelque chose lorsqu'elle claqua la portière. *Je suis désolé*, sans doute. Elle ne pouvait pas l'écouter. De toute façon, franchement, c'était trop peu et trop tard.

— Waouh, fit Hannah en jetant un œil au visage d'Easton. C'est un bel œil au beurre noir. Tu t'es fait ça quand ?

— Hier, répondit-il.

Ils mangeaient un sandwich dans le bureau de gestion financière d'Hannah. Pour le moment, il évitait de déjeuner à l'extérieur.

— Qui ?

— Matthew.

Les yeux d'Hannah s'agrandirent.

— Le frère de Selma ?

— Je lui ai demandé de plaider pour moi auprès de Selma. Il m'a donné un coup de poing. Je crois savoir de quel côté il est.

Elle s'adossa dans sa chaise.

— Hmm. Et toi, de quel côté es-tu ?

— Bon, je ne suis plus dans la course pour le siège. Le juge Coale est officiellement déçu.

— Je suis désolée, je sais que vous étiez proches.

— Nous en avons parlé. Je lui ai expliqué que j'étais amoureux d'elle.

Le simple fait de le dire le rendait heureux. Cela dit, il se sentirait encore mieux s'il pouvait le dire à la principale intéressée.

Selma, de son côté, l'évitait royalement. Il ne s'était jamais senti aussi inutile, mal en point et déprimé de toute sa vie.

Hannah se redressa.

— Oh ?

— Aucune importance. Elle ne sait pas ce que je ressens pour elle. J'espérais que Matthew pourrait m'aider. Je n'ai pas eu de chance.

— Tu ne le lui as pas encore dit ?

— Après tout ce que j'ai dit le soir de la fête au musée, un *je t'aime* dans un mail ou un message vocal me semblait de mauvais goût. Et je n'ai pas réussi à lui parler depuis qu'elle est partie en claquant la portière de ma voiture. Honnêtement, je méritais ce coup de poing. Je le sais. Je voudrais seulement avoir une chance de lui parler. Tu as une idée ?

Au point où il en était, il était ouvert à presque toutes les propositions. Elle lui manquait tellement qu'il en avait mal dans la poitrine. Il se donnait des coups de pied mentalement tous les jours pour lui avoir dit toutes ces choses stupides. Il s'en voulait beaucoup et c'était elle qui en avait fait les frais.

Au fond, il aurait dû la remercier. Parce que la meilleure chose qui était ressortie de ce fiasco, c'était la certitude qu'il ne voulait pas être juge.

Il voulait ce qu'il avait toujours voulu, ce dont on l'avait détourné. Il voulait un petit cabinet où il pourrait interagir avec de vraies personnes.

Avec un peu de chance, ces vraies personnes ne se soucieraient pas trop qu'il ait été vu en public en train de tripoter sa petite amie. *Abruti.*

— Alors, que veux-tu faire maintenant ? Tu as perdu ton travail ?

— Curieusement, non. Ils me gardent sous conditions. Je pense qu'ils ne savent pas encore si ma notoriété va attirer ou repousser les clients.

— Tu es d'accord avec ça ?

— Quel autre choix s'offre à moi ?

Elle sourit en se désignant.

— Mon offre tient toujours.

Il leva les sourcils.

— Tu n'es pas sérieuse. Je suis presque certain qu'en ce moment, je suis toxique.

— Bien sûr, mais ça va retomber. Je te le promets.

Surtout quand la supposée traînée et toi, vous serez de nouveau ensemble.

— Si, précisa-t-il. Je ne suis vraiment pas certain que nous nous remettrons ensemble.

Cette pensée lui tordait les entrailles. Il trouverait sûrement un moyen.

— D'après ce que tu m'as dit, tu as déjà essayé de ramer.

Il pencha la tête, comme pour lire dans ses pensées.

— À quoi penses-tu ?

— Que demain, c'est mercredi, répondit-elle. J'ai une idée.

QUATORZE

Le mercredi soir du concours de Mister Septembre au *Fix*, sur la 6ᵉ Rue, le bar était encore plus bondé que d'habitude, probablement parce qu'Hannah avait glissé un mot à la presse, annonçant qu'Easton y participerait. Elle avait aussi suggéré à Selma de venir, et maintenant, cette dernière était assise à un tabouret, se demandant si c'était une bonne ou une très mauvaise idée. Non pas parce qu'apparemment, Easton voulait désespérément lui parler, mais parce que la presse prenait discrètement des photos d'elle sans relâche.

— Tu m'avais dit qu'il voulait me parler, dit-elle à Hannah pendant qu'elles buvaient une Corona arrangée.

— C'est le cas. Il le fera, lui affirma-t-elle en se

penchant plus près. Est-ce que tu es moins fâchée contre lui ?

Selma soupira.

— Je ne sais pas. Il m'a vraiment fait mal. Mais il avait partiellement raison. Jusqu'à présent, je me suis mal comportée. Nous aurions pu nous faire prendre le jour où je lui ai demandé de me rejoindre dans les toilettes des femmes au *Winston*.

Les yeux d'Hannah s'agrandirent.

— Tu sais que je ne peux pas faire comme si je n'avais pas entendu, hein ?

— Et alors ? Il va devenir ton associé. C'est un peu comme un mariage, non ?

Hannah sourit.

— Je sais que tu es moins fâchée contre lui.

— C'est seulement que... il m'a fait porter le chapeau. Et je n'ai pas du tout aimé.

— Je te promets qu'il se sent terriblement mal pour ça. Il sait qu'il a fait quelque chose de stupide. Il n'a aucune excuse.

— Alors, de quoi veut-il me parler ?

Hannah leva tout simplement une épaule, signifiant que Selma devrait attendre pour le découvrir. Or elle n'était pas d'humeur à attendre.

Elle voulait parler à Easton.

Cela dit, bien qu'elle soit toujours furieuse après

la soirée au musée, au bout du compte, il avait
pénétré son cœur. Elle le désirait. Elle avait besoin de
lui. Elle était plus que prête pour lui parler.

Alors, où était-il ?

La musique du concours commença et elle
regarda autour d'elle, le cherchant dans le public.
Comme elle ne le voyait nulle part, elle soupira et
s'installa plus confortablement pour assister au spectacle. Elle serait à temps de le chercher quand la
foule se disperserait.

Le concours l'ennuyait, en revanche, parce
qu'elle n'était pas intéressée. Quand le dernier
candidat monta sur scène, elle se pencha en avant et
souffla à Hannah qu'elle allait aux toilettes.

— Non, attends.

— Je dois vraiment quitter cette foule.

Elle glissa au bas du tabouret avant qu'Hannah
puisse protester à nouveau. Elle se battait pour se
frayer un chemin vers l'arrière quand la maîtresse de
cérémonie, Beverly Martin, annonça à la foule :

— Je vous demande d'applaudir notre dernier
candidat inattendu : Easton Wallace !

Elle se figea près du couloir, puis elle se tourna
pour voir Easton s'avancer sur le tapis rouge d'un air
tout penaud.

Il prit le micro de Beverly, puis regarda la foule.

— Ceux qui ne me connaissent pas vont certainement me chercher dans Google, mais voilà. Premièrement, je me retire officiellement de la course pour
être juge. Pas seulement à la suite du scandale récent,
mais parce que ce n'est pas mon rêve. Je me suis laissé
entraîner par la frénésie et j'ai perdu de vue mes
premiers objectifs.

La foule était silencieuse. Selma se rapprocha.

— J'ai toujours craint de poursuivre mes rêves.
Ce que je voulais faire me semblait impulsif. Toutefois, j'ai appris à ne pas avoir peur de me lancer. Tout
ce que je fais n'est pas obligé de respecter les étapes
immuables dans le chemin des entreprises ou du juridique. Parfois, j'ai besoin de regarder autour de moi
et je me demande si je mène la vie que je veux... ou
celle de quelqu'un d'autre, comme on endosserait
une veste de costume. Parce que, même si elle vous
va à la perfection, ce n'est pas la vôtre.

Il se racla la gorge et jeta un regard dans la foule...
Quand il croisa le regard de Selma, elle sentit la
chaleur de la connexion.

— J'ai aussi appris que parfois, il faut faire de
grands gestes. Qu'il faut vraiment se lancer. Selma,
chérie, c'est pour toi.

Alors que le public hurlait et applaudissait, il tira
d'un coup sec sur son pantalon – aux bordures en

velcro, comme en portent les chippendales –, puis répéta l'opération avec sa chemise, se retrouvant en chaussures et en boxer.

Selma plaqua sa main sur sa bouche si fort qu'elle se fit presque un bleu sur les lèvres, s'efforçant de retenir son rire. Elle discernait une marque noire sur son torse, sans parvenir à l'interpréter à cause de la distance.

— J'ai renoncé à une élection aujourd'hui. C'est la même chose pour celle-ci. Votez pour moi ou pas, peu importe. J'ai fini de faire campagne. Il y a une seule personne que je veux rallier à ma cause. Et je vais voir si je peux réussir tout de suite. J'espère que cette petite preuve lui montrera que je pense ce que je dis.

Il désigna les motifs sur son torse et les flashes des appareils photo fusèrent.

— Je l'ai fait faire aujourd'hui. C'est un tatouage. *Please.*

Le cœur de Selma s'arrêta et elle haleta.

— Je l'ai fait faire pour toi, Selma. Ça signifie : s'il vous plaît, faites que ce soit la bonne. Et s'il vous plaît, faites que ça dure.

Il pencha la tête, et quand la foule se mit à applaudir, il redescendit sur le tapis rouge, attrapa un sac de marin près du mur et se tourna vers elle.

Elle croisa son regard, hocha la tête, puis s'éclipsa dans le couloir, le cœur battant la chamade.

— Je devrais me rhabiller, dit-il quand il la retrouva près des étagères qui servaient à entreposer des fournitures à côté du bureau de Tyree.

Elle secoua la tête en le toisant du regard, réfrénant un sourire. Puis elle fit un pas en avant et posa sa main sur son tatouage.

— Scandaleux, dit-elle.

— Je suis vraiment désolé.

Ses excuses lui allèrent droit au cœur et elle sourit.

— J'ai été bête, continua-t-il.

— Oui, tu l'as été.

— Mais j'ai quelque chose en réserve.

— C'est quoi ? demanda-t-elle.

— J'ai travaillé dur. Mais maintenant, ma priorité, c'est toi.

— Oh, vraiment ?

Elle s'évertua à masquer son sourire.

— Comment ça se fait ?

— Je vais te convaincre de rester avec moi. Que tu es à moi. Que je ne reculerai devant rien pour que tu sois heureuse. Que chaque jour que nous passerons ensemble soit une aventure.

— Oh.

Elle s'humecta les lèvres, essayant de retenir ses larmes.

— Comment vas-tu t'y prendre ?

— Je n'en suis pas sûr, mais je sais que je ne renoncerai jamais à essayer.

— J'aime beaucoup cette idée.

— Il y a autre chose, ajouta-t-il en lui prenant le menton. Je t'aime, Selma Herrington.

Le bonheur la submergea.

— Je t'aime aussi, répondit-elle en souriant, se mordant la lèvre inférieure.

— Quoi ?

Elle tendit la main vers la porte du bureau de Tyree et l'ouvrit.

— Je me sens d'humeur scandaleuse ce soir. Et toi ?

Son rire retentit dans le couloir.

— Toujours, dit-il en l'attirant à l'intérieur de la pièce.

Cette fois, remarqua-t-elle, il ferma la porte à clé.

ÉPILOGUE

Matthew remplissait son assiette avec du blanc de poulet et une salade de pommes de terre quand Hannah le rejoignit. Sa proximité lui envoya des picotements dans tout le corps. Elle appuya sa paume contre son dos, puis elle se pencha, si naturelle qu'on aurait pu croire qu'ils sortaient vraiment ensemble.

Elle était douée pour faire semblant, c'était certain. Matthew non, en revanche. Il réussit seulement à montrer qu'il était complètement fou de cette femme qui se faisait passer pour sa fiancée. Puisqu'-Hannah Donovan l'avait subjuguée dès leur première rencontre, cela ne demandait pas un grand jeu d'acteur.

— Salut, tombeur, dit-elle. Si tu prends les assiettes, je vais aller nous chercher le vin. Je vais nous choisir une table près du groupe. Quand les mariés auront fait leur première valse, on pourrait danser, nous aussi. Nous aurons moins à parler de nos fiançailles si nous sommes pendus au bras l'un de l'autre, non ?

Il déglutit, imaginant la sensation de son corps contre le sien le temps d'un slow.

— Ça me va. Je te rejoins à la table dans...

— Oh, *merde.* Alerte rouge.

Son intonation sèche et presque effrayée le toucha au cœur et il voulut la serrer contre lui pour l'apaiser.

— C'est mon père.

Son estomac se noua et son instinct protecteur disparut, remplacé par la furieuse envie de partir de là.

Mais il ne le pouvait pas. C'était précisément pour cela qu'Hannah et lui étaient à ce mariage ensemble et qu'ils faisaient semblant d'être fiancés. C'était pour cela qu'elle l'avait regardé avec des yeux de biche pendant une grande partie de la soirée et qu'il devait se rappeler que ce n'était qu'un jeu d'acteur. Une illusion.

— Allons ailleurs, parler à l'une de tes amies par exemple, suggéra Matthew.

— Trop tard. Il se dirige droit sur nous. Merde, je ne veux pas l'affronter, là maintenant.

— On est deux.

Il n'avait pas encore eu le plaisir de rencontrer Monsieur Donovan, mais il en avait entendu suffisamment parler pour être réellement intimidé par le brillant avocat. Matthew connaissait ses forces, et il savait aussi que si Ernest Donovan voulait parler de droit, d'actualité ou même de grande littérature, Matthew aurait l'air d'un parfait idiot. *Merde.*

Pourquoi s'y était-il engagé ? Ses pensées tournaient au ralenti. Les mots lui échappaient toujours.

— Vite, dit Hannah. Si nous parlons déjà de quelque chose, il ne va pas nous poser de questions sur les fiançailles. Euh, le système des inscriptions scolaires, tout le monde en parle. Je pense que la législation va examiner le sujet à nouveau cette année, pour le Texas. Qu'en penses-tu ?

La terreur s'empara de lui. Il n'avait aucune idée de ce qu'étaient ces mesures, et puisqu'il n'avait pas d'enfants, ce n'était pas un sujet qui le concernait. Tout ce qu'il dirait montrerait à Hannah qu'il était un idiot, et c'était hors de question.

— On s'en fiche, choisis un sujet, souffla-t-elle avec empressement. Parle. Il est presque là.

Impossible de trouver un sujet de conversation. Il ne pouvait rien faire.

Rien sauf une chose.

Abandonnant son assiette sur la table, il la serra contre lui et l'embrassa.

Pendant un moment, elle resta raide, sous le choc. Puis elle fondit contre lui et sa bouche s'ouvrit sous la sienne.

Il soupira, abîmé dans la sensation son corps. Parce que *cela* semblait réel. Pas écrasant comme tout le reste. La femme, le baiser, la pression de leurs corps, *voilà* comment les choses devraient être.

Pendant un bref instant, un délicieux moment, Matthew eut l'impression d'être au paradis.

Dommage qu'il faille redescendre sur Terre.

Envie d'en découvrir plus ? Voici un extrait du prochain tome de la série *L'Homme du mois*...

Corps à corps
Mister Octobre

Bulletins d'information de JK

Abonnez-vous à la newsletter de l'édition française de JK pour des informations sur les sorties en français, les apparitions en France, et plus encore. Cliquez ici pour vous abonner afin de ne rien manquer!
Newsletter en français:
http://eepurl.com/g8ezqD

Et si vous souhaitez recevoir toutes les actualités en anglais, vous pouvez vous abonner à la newsletter de JK en anglais ici:

Newsletter en anglais:
http://eepurl.com/-tfoP

Envie d'en découvrir plus ? Voici un extrait du prochain tome de la série *L'Homme du mois*...

CORPS À CORPS
MISTER OCTOBRE

Chapitre premier

— Alors ? demanda Easton. Qu'en penses-tu ?

Hannah Donovan tourna sur elle-même lentement dans l'aire de réception, au dix-septième étage de la tour de la Bank America, au coin de la 6ᵉ et de Congress. Son futur associé, Easton Wallace, était devant elle, un grand sourire sur son visage à la beauté classique. Derrière lui, Selma Herrington, sa petite amie, rapidement devenue une amie proche d'Hannah, leur tournait le dos dans son petit short et ses cheveux aux pointes bleues, les mains posées sur la fenêtre surplombant la célèbre 6ᵉ Rue d'Austin.

— C'est merveilleux, répondit Hannah, qui avait toujours du mal à croire que tout cela était bien réel.

Cherchaient-ils vraiment un bureau à louer ? Et allaient-ils bel et bien ouvrir leur propre cabinet d'avocats ?

Elle grimaça. Pas la peine de se pincer, elle ne rêvait pas. Après tout, elle avait déjà donné son préavis chez Brandywine Consulting où, jusqu'à hier encore, elle était salariée en tant qu'avocate. Dès qu'elle lui avait annoncé son départ, son salaud de chef lui avait ordonné de prendre ses congés cumulés. Il l'avait pratiquement flanquée à la porte sans lui laisser le temps de faire son pot de départ.

Mais elle ne s'en formalisait pas. Parce que désormais, elle était libre comme l'air. Quoiqu'un peu terrifiée à l'aube de cette nouvelle aventure.

Elle n'avait pas l'argent sur lequel elle comptait

pour financer leur petite entreprise. Parce que son ancien patron avait exploité une clause dans son plan de retraite, laissant Hannah avec un fonds de pension bloqué, dans lequel elle ne pouvait pas puiser. Elle pouvait toujours le clôturer pour récupérer l'argent, mais les pénalités étaient si abruptes qu'elle aurait tout juste de quoi acheter du whisky et noyer son chagrin.

Ce qui voulait dire qu'ils cherchaient un fabuleux bureau à louer sans qu'elle puisse apporter sa part dans le capital de départ de leur nouveau cabinet. Ce qui, bien sûr, incluait l'acompte pour la location.

Elle n'avait pas encore partagé ce menu détail avec Easton.

À présent, il la regardait, les sourcils froncés.

— Tu es bien trop silencieuse. Tu ne l'aimes pas ?

Selma se retourna, les yeux écarquillés.

— Bien sûr qu'elle l'adore. Le contraire serait absolument ridicule.

— Bon, eh bien, si ce n'était pas le cas, je ne l'avouerais pas.

Selma, comme d'habitude, haussa simplement les épaules.

— Pour être claire, poursuivit Hannah, je l'adore. J'étais...

Elle s'interrompit d'un air évasif.

— Je n'arrive tout simplement pas à croire que tout arrive si vite.

Ça, c'était l'euphémisme de l'année. Et elle ne savait pas comment annoncer à Easton qu'elle allait devoir gratter une autre source de financement. C'était atroce de le décevoir, d'autant plus que c'était elle qui avait eu l'idée de départ pour leur partenariat.

Non seulement cela, mais elle le connaissait bien, et il était évident qu'il était tombé sous le charme de ces locaux. Elle aussi d'ailleurs. Un simple regard aux alentours, et elle était convaincue que cette suite serait parfaite pour leur petite entreprise. Ils ne trouveraient pas mieux.

C'était à couper le souffle. La suite formait un U qui occupait la moitié du mur est, tout le mur nord ainsi que celui à l'ouest. Le petit espace restant était une zone de stockage pour la banque qui possédait l'immeuble, ce qui signifiait que les employés et les clients de chez Wallace et Donovan Avocats devraient sortir à cet étage.

Des portes vitrées s'ouvraient sur une aire d'accueil du côté est, surplombant la 6e Rue. À côté de la réception se trouvait une grande salle de conférence, avec des murs tout en verre, face au nord et sa vue imprenable sur l'*Hôtel Driskill* classé historique, ainsi qu'un aperçu sur le Capitole du Texas. Grâce à la baie vitrée, la pièce était lumineuse et spacieuse. La salle de conférence était équipée de stores électriques, permettant aux clients et aux avocats de travailler en toute confidentialité si nécessaire.

Les bureaux de leurs futurs associés, quand ils en embaucheraient, s'alignaient au nord et à l'ouest. Ils seraient également utilisés par les assistants. Le coin nord-ouest offrait une vue magnifique sur Congress Avenue, et du coin sud-ouest, on pouvait voir le fleuve au loin. En un mot, c'était incroyable.

— Il n'y a aucun mal à aller vite quand tout va bien, lui dit Easton tout en faisant un clin d'œil à Selma, pensant certainement à leur coup de foudre. Je pense sincèrement que ces locaux sont pour nous. Cette idée est géniale. Cet endroit. Notre cabinet. Toi et moi, en tant qu'associés.

Il s'approcha d'elle et lui fit une accolade, comme lorsqu'il la félicitait quand ils étaient à l'école de droit, chaque fois qu'elle décrochait un A ou qu'elle avait compris un concept un peu compliqué dans leur session d'études.

— J'ai un bon pressentiment depuis que nous avons franchi le cap en décidant de nous lancer. Même ma folle célébrité a joué en notre faveur. Je reçois toutes sortes d'appels de futurs clients qui me demandent de les représenter.

Easton et Selma avaient été surpris le pantalon baissé, ou pour être précis, Selma avait la jupe relevée, il n'y avait pas si longtemps. Le scandale avait ruiné toutes les chances d'Easton de devenir juge, mais en fin de compte, ça lui convenait. Ce qu'il voulait réellement faire, c'était exercer sa profession d'avocat. Il avait donc retiré son nom de la course et avait accepté la proposition d'Hannah qu'ils quittent tous les deux leur emploi pour ouvrir leur cabinet. Une proposition parfaitement viable quand elle l'avait faite, avant ces derniers rebondissements.

— J'ai un bon pressentiment aussi, lui assura-t-elle. Je te jure que je ne veux pas me retirer.

Elle ne lui ferait jamais ça. C'était trop important, pour lui comme pour elle. Le cabinet était leur avenir. En plus, il représentait le genre de carrière dont elle rêvait. Un cabinet dynamique avec du travail intéressant et un associé en qui elle avait confiance. Elle aimait le personnel à son ancien travail, et ça lui manquerait de ne pas voir ses amis tous les jours, mais elle commençait à dépérir dans cet environnement et elle s'ennuyait à mourir.

Son poste chez Brandywine Finance and Consulting était son deuxième. Le premier était dans un cabinet juridique gigantesque, où elle avait travaillé pendant des années sur des dossiers si tentaculaires qu'elle n'en appréhendait qu'un seul aspect, incapable d'aborder la totalité du contentieux.

Une partie du travail était intéressant, mais elle avait peu de contacts avec les clients et encore moins avec la stratégie générale. Elle savait qu'elle faisait sa part, mais au bout d'un moment, elle en avait eu assez. Alors, elle avait accepté le poste chez Brandywine.

C'était mieux pendant un temps, mais rapidement, ses tâches étaient devenues machinales et elle n'y allait plus que pour la paie, non parce qu'elle aimait ce qu'elle faisait. Elle avait réalisé presque trop tard combien elle voulait être sur le terrain et traiter de véritables sujets. Rédiger des dossiers détaillés et discuter de points juridiques concrets. Fonder son cabinet et se bâtir une réputation.

Heureusement, Easton voulait la même chose.

Elle avait perdu du temps, car la plupart des avocats de son âge avaient déjà une poignée de clients dans la poche. Ce qui voulait dire que, si elle voulait faire de cette entreprise un succès, elle allait devoir y mettre toute sa concentration et son énergie, afin de s'assurer qu'Easton et elle réussissent.

— Je sais que tu ne te rétractes pas, répondit-il. Mais nous devons boucler tout ça. Si nous prenons trop notre temps, quelqu'un va nous le faucher sous le nez. J'ai pu être le premier à le visiter parce que le type qui gère les locations me devait un service. Il nous réserve la primeur seulement jusqu'à lundi matin. Après, nous ne serons plus les seuls intéressés. Et puis, plus vite nous aurons des locaux, plus vite nous pourrons recevoir nos clients.

Hannah tourna lentement sur elle-même, réfléchissant en même temps qu'elle admirait les lieux. Bien sûr, elle adorait cet endroit.

— Les clients seront impressionnés en arrivant ici.

Ce bureau avait certainement accueilli un ancien cabinet d'avocats, car ils avaient laissé une bibliothèque juridique derrière eux, une pièce spacieuse avec toutes les ressources nécessaires.

— Tu pourras même choisir ton bureau, lui dit Easton. Vue sur le Capitole ou le fleuve. Pas de courte paille.

— Vraiment ?

Elle lança un regard rapide à son ami.

— Bien sûr que tu as le premier choix. Sans toi, ça ne se serait jamais fait.

Son estomac dégringola. Parce que, même avec

elle, il se pourrait que le projet tombe à l'eau. Sauf si elle arrivait à apporter sa contribution financière.

Elle prit une inspiration pour trouver le courage de dire la vérité, aussi dure et froide qu'elle soit, quand Selma laissa tomber les mains le long de son corps et revint en sautillant vers Easton, avec la vivacité dont elle avait le secret.

— Je l'adore, mais chéri, est-ce que tu peux te le permettre ?

— *Nous*, la corrigea-t-il en souriant à Hannah, caressant la lèvre inférieure de Selma avant de l'attirer près de lui. Bien sûr que nous le pouvons ? Non ?

— Absolument, renchérit-elle en leur renvoyant leur sourire.

Elle était fière que sa voix ne flanche pas. Parce qu'elle allait trouver un moyen.

— Nous serions fous de ne pas saisir cette chance, ajouta-t-elle, autant pour leur montrer son enthousiasme que pour se convaincre.

Parce que ça n'aurait pas de sens de laisser passer une telle affaire. Surtout quand la seule chose qui coinçait était cette bête question d'argent.

Au moins, la location proposait un délai de rétractation de deux semaines, du moins, c'était ce qu'Easton avait dit. Ce qui signifiait qu'elle avait une quinzaine pour trouver l'argent ou cracher le morceau à Easton.

Elle pourrait certainement trouver quelque chose. Après tout, elle n'était pas totalement sans ressources. Il y avait toujours sa mère et l'argent qu'elle appelait le « fonds Hannah ». Il n'était pas disponible, certes, mais elle pourrait peut-être changer cela.

Elle se demandait comment aborder la question avec sa mère et, plus important, son beau-père, quand elle sentit le regard de Selma sur elle. Elle leva la tête et perçut une lueur de curiosité dans les yeux de Selma, avant qu'elle ne se tourne vers Easton pour le pousser un peu.

— Bon, allez, ouste. Va-t'en. Va faire tes affaires d'hommes.

Il écarquilla les yeux et ses lèvres trahirent son amusement.

— Tu essaies de te débarrasser de moi ?

— Hmm, évidemment. Hannah et moi, on a des projets, annonça-t-elle.

Première nouvelle.

— On va boire des cocktails et reluquer des hommes sexy. Ou des femmes, ajouta-t-elle en jetant un regard à Hannah. Si tu préfères.

Elle leva une épaule, réprimant un sourire.

— Les deux me vont.

Selma éclata de rire alors qu'Easton arquait un sourcil.

— Juste *reluquer* ?

— Ne t'inquiète pas, le rassura Selma. Avec les autres, je touche avec les yeux.

Elle se colla à lui, entourant sa taille de ses bras.

— Parfois, ça rend le contact beaucoup plus amusant. Au cas où tu en aurais besoin, je te donne un aperçu. Pour que tu te rappelles pourquoi tu rentres à la maison près de moi chaque soir.

Elle l'embrassa, d'une manière si sensuelle, érotique et vibrante qu'Hannah commença à avoir l'impression d'être tombée dans le terrier du lapin blanc, dans une version interdite aux moins de 18 ans.

Quand Selma empoigna les fesses d'Easton, elle se dit qu'il était grand temps de mettre fin au spectacle.

— Oh, là, là, vous deux. Il y a des hôtels pour ça.

Alors que Selma se dégageait d'un air contrit, Easton étendit les mains pour montrer le vaste espace d'accueil.

— Un hôtel ? répéta-t-il. Ce n'est pas un local à louer ici, justement ?

Hannah posa une main sur sa hanche et inclina la tête.

— Les parties de jambes en l'air seront interdites dans notre cabinet. D'autant plus que l'un de nous deux n'a pas de partenaire pour ça.

Hannah était célibataire depuis plus de six mois maintenant, et pas la moindre petite aventure à l'horizon.

Malheureusement, cet état de fait n'était pas près de changer. C'était d'autant plus regrettable qu'un petit ami bien sous tous rapports, avec un statut social et de bonnes dispositions, aurait été un excellent moyen de résoudre sa crise financière.

Et honnêtement, les avantages en nature lui manquaient aussi.

Corps à corps
Mister Octobre

Envie d'en découvrir plus ? Voici un extrait du prochain tome de la série *Stark Sécurité*...

**Charismatiques. Dangereux.
Terriblement Sexy.**

Découvrez les hommes de Stark Sécurité.
En mille éclats
En mémoire de nous
En demi-teinte

Je sais que je ne devrais pas le désirer.
J'aimerais tant ne pas éprouver ce besoin.
Chaque jour qui passe, je prie pour que la douleur

si douce de la nostalgie s'efface enfin. Mais elle demeure.

Dès le réveil, je ressens la douleur. Je retombe dans ces souvenirs qui me blessent aussi profondément que la lame d'un couteau. Balayée, la passion. Éradiqué, l'amour.

Autrefois, il y avait un homme qui me désirait. Désormais, il ne reste qu'une plaie noircie, comme la brûlure imprimée dans la terre après une explosion nucléaire.

Dès le réveil, je me raccroche à la colère.

Mais dans mes rêves, je capitule toujours.

Je me convaincs que je suis mieux sans lui. Pourtant, j'ai besoin de lui. De ses compétences. De son aide.

Il ne me reste aucune option. En lui convergent désir et crainte. Je ne peux que prier pour ne pas me briser comme du verre sous le poids de mes regrets.

1

Bâti en 1931, l'hôtel historique Hollywood Terrace régnait en maître sur le célèbre boulevard. C'était l'endroit où voir et être vu. Mais le temps a pris sa revanche et, comme la beauté fanée des starlettes de l'Âge d'Or, le palais Art Déco est tombé en décrépitude. Les élégantes garçonnes ont cédé la place aux hippies et aux Baby Boomers, qui à leur tour ont été remplacés par les Millennials alors que le vingtième et unième siècle succédait inexorablement au vingtième.

Pendant la première décennie du nouveau millénaire, l'icône autrefois majestueuse est restée délabrée, à l'abandon. Sa façade en stuc s'est décolorée en une teinte grisâtre et terne, les fenêtres couvertes de crasse et fendillées, les célèbres jardins envahis par la vermine et les mauvaises herbes.

Le sort réservé aux salles intérieures n'était guère meilleur. La tuyauterie fuyait, gagnée par la moisissure, et les rats détalaient dans les couloirs devant les chats errants qui avaient élu domicile dans les recoins obscurs. Les tapis pourrissaient. Le papier peint tombait en lambeaux. Et une fine couche de poussière recouvrait chaque surface telle une couverture négligée.

Avec la détermination d'un boxeur dans la tourmente, le bâtiment s'est débattu tant bien que mal pour rester digne en dépit des assauts des intempéries, des séismes et de la parade monotone du progrès dont témoignaient de nouvelles devantures flambant neuves. Lorsqu'un ruban jaune sur lequel on pouvait lire *Dangereux* et *Défense d'entrer* fut tendu devant les portes vitrées finement ouvragées, les riverains comprirent que le dernier coup avait été porté.

Puis Scott Lassiter a surgi de nulle part, à la rescousse. En fin de compte, l'histoire du Hollywood Terrace n'était pas un film de boxe. C'était l'histoire d'un renouveau. *My Fair Lady* pour l'hôtel délabré.

Le promoteur immobilier international n'a pas lésiné pour rendre au Hollywood Terrace sa splendeur d'antan, ravivant le joyau qu'il était un siècle auparavant. Il a transformé les salles de conférence de la mezzanine en suite de bureaux privés rien que pour lui, il a installé sa résidence au tout dernier étage et il a complété le tout par une piscine d'intérieur et une salle de bal somptueuse.

Tout le gratin a assisté à l'inauguration en grande pompe, cinq ans plus tôt, et Lassiter a été acclamé en héros par les gros bonnets de la ville. Un faiseur de miracles. Un vrai citoyen, dévoué à la préservation de l'histoire qui avait placé ce coin de la Californie du Sud sur la carte, quand les premiers pionniers armés de caméras s'étaient rassemblés sur cette terre d'aubaines et de soleil.

La fête du siècle a fait les gros titres des journaux dans le monde entier. Étant donné que le tout-Hollywood comptait parmi les invités, l'histoire était trop belle pour ne pas être publiée.

La fête de ce soir était encore plus somptueuse. Des dizaines et des dizaines d'invités occupaient la salle de bal Art Déco soigneusement restaurée, avec ses couleurs vives et ses motifs géométriques. Les revenus combinés des clients internationaux bien nantis faisaient passer la fortune des stars d'Hollywood pour de l'argent de poche d'adolescents. Le champagne millésimé coulait à flots dans des fontaines d'argent pur. Les femmes évoluaient sur les carreaux de marbre en robes de soirée conçues pour mettre en valeur des atouts de nature différente. Quant aux hommes en costume à moins de vingt-cinq mille dollars, ils passaient pour de simples frimeurs.

Ce soir-là, malgré tout ce beau monde auréolé de pouvoir et d'argent, la presse n'était pas admise dans la salle de bal. Aucun photographe en quête d'images sexy à poster sur Page Six ou Instagram. Au contraire, cette fête était un événement intime, donné par Lassiter dans son fief privé.

Seule une clientèle triée sur le volet y avait été conviée.

Quincy Radcliffe, agent de Stark Sécurité, ne figurait pas sur la liste d'invités. Ou du moins, pas officiellement. Ce qui ne l'empêcha pas de faire signe à un serveur qui passait pour un scotch soda.

Il le sirota lentement, observant d'un œil désintéressé le flot d'hommes en costume et de femmes aux coiffures sophistiquées qui tournaient autour de Lassiter, comme s'ils venaient rendre hommage à un dieu.

Bande de fous aveugles.

Tout ce qu'ils voyaient, c'était l'argent et le pouvoir de Lassiter. Ils ne se doutaient pas que le compte en banque généreux de leur hôte devait moins à son portefeuille immobilier qu'au pourcentage qu'il prélevait sur le blanchiment d'argent et les programmes de protection.

Scott Lassiter était un connard manipulateur qui avait planté ses serres dans le monde criminel de la pègre. Un jour, Quincy se ferait un plaisir de tirer le tapis sous les pieds de ce bon à rien, s'assurant de lui offrir un panorama bien différent de celui de son appartement luxueux. Avec une dizaine de barreaux à la fenêtre.

Cependant, ce n'était pas au programme de ce soir. Pour l'instant, Lassiter était le moindre de deux maux, et si tout se déroulait comme prévu, ce branleur pathétique le conduirait sans le savoir vers le monstre à la tête d'un trafic d'esclaves sexuelles, le

sous-homme au cœur de la mission de ce soir : *Corbu.*
Marius Corbu.

— Il est incroyable, n'est-ce pas ?

La blonde aux yeux bruns qui venait de susurrer
avait de longs cheveux lisses dans le dos et une frange
qui venait effleurer ses sourcils parfaitement arqués.
Elle portait une robe dorée vaporeuse et du
maquillage si subtil qu'il était presque invisible, à l'exception du trait d'eye-liner noir qui soulignait ses
grands yeux de biche et du rouge à lèvres si éclatant
qu'il lui faisait penser à une cerise mûre.

— Vous parlez de notre hôte, Monsieur Lassiter ?

Elle gloussa et le champagne clapota dans son
verre quand elle fit mine de taper dans ses mains.

— Oh, waouh ! se récria-t-elle comme une adolescente, d'une voix haut perchée. Vous êtes
britannique.

— Nom de Dieu, en êtes-vous certaine, ma
chère ?

Une fois de plus, elle rit.

— Et vous êtes drôle, avec ça. Non, comment
dites-vous en Grande-Bretagne ? *Plaisant.* Vous êtes
fort plaisant.

Elle pencha la tête pour le dévisager. Il savait ce
qu'elle voyait. Des cheveux noirs, un visage fin et des
yeux gris enfoncés. Il portait un costume Ermene-

gildo Zegna sur mesure, plus cher que sa voiture. D'après son associée, Denise, il était « fabuleusement baisable ».

Apparemment, la blonde était d'accord, parce qu'il vit le moment précis où son air amusé céda le pas à une attitude plus prédatrice.

— J'aime les hommes qui ont de l'humour.

Sa voix était grave, suave.

— Un homme qui rit doit savoir faire d'autres choses intéressantes avec sa bouche.

Elle inclina la tête avec provocation.

— Je m'appelle Desiree. Et vous ?

— Canton, dit-il, lui donnant le nom correspondant à son personnage pour cette mission, un gestionnaire de fonds spéculatif basé à Hong Kong. Robert Canton.

Elle s'approcha de lui d'un pas chaloupé. Sa robe opaque sembla transparente lorsqu'elle s'avança dans une flaque de lumière. Elle était entièrement nue sous le tissu léger et il sentit son corps se contracter, par réflexe et non par désir. Lentement, elle fit courir ses doigts sur le revers de sa veste avant de descendre jusqu'à poser la main sur sa queue. Elle était dure – c'était un humain, après tout. Il n'était pas étonné. L'objet de cette soirée, c'était le sexe. Le sexe tarifé, cru et anonyme. Et il ne restait jamais insensible aux charmes d'une belle femme.

Elle posa sa main libre sur son épaule en se penchant pour murmurer :

— Eh bien, je suis tout à vous, Monsieur Canton. Comme vous le désirez, jusqu'au lever du jour.

Elle mordilla son lobe d'oreille et il se dit que ce serait très facile. Elle était prête à faire à peu près tout – c'était tout l'objectif de cette petite sauterie. Et il avait grand besoin de se détendre un peu.

Certaines opérations étaient plus ardues que d'autres et celle-ci était une vraie galère. Elle lui échauffait la tête. Pire encore, elle lui échauffait le sang. Et elle le consumait lentement comme un poison. Ou plus précisément, comme une mèche allumée. S'il la laissait brûler trop longtemps, il finirait par exploser. Les souvenirs sombres prendraient le dessus, le monstre imposerait son contrôle et...

Nom de Dieu.

— Oh, je crois que c'est un oui.

Elle commença lentement à le caresser.

— Je n'ai jamais baisé d'Anglais et je vous promets que je vaux le coup. Je vous en prie, dites-moi que vous n'avez pas déjà donné votre clé à une autre fille.

Il afficha un léger sourire avant de retirer sa main de son entrejambe.

— Désolé, chérie. Je ne doute pas que vous sauriez me satisfaire, mais ma clé est déjà promise.

— *Peut-être pas*, fit alors une voix de femme à son oreille.

C'était Denise, qui se trouvait en ce moment même sur le toit de l'autre côté de la rue. Ainsi que dans son oreille. Elle entendait absolument tout étant donné que leurs oreillettes étaient en mode VOX.

— *Je n'arrive pas à mettre en place le bras du transmetteur. Je vais devoir rester ici et le positionner manuellement.*

— Nom de Dieu.

— Quoi ? fit Desiree.

— Quel dommage que je ne puisse pas vous inviter dans mon lit ce soir. Mais les règles sont les règles.

Et les règles de cette soirée reprenaient celles des fêtes bourgeoises des années soixante et soixante-dix. En résumé, un homme choisissait une femme en prenant sa clé et il passait la nuit à profiter de son corps, comme l'avait dit Desiree, selon ses moindres désirs jusqu'au lever du soleil.

La beauté de la soirée, du point de vue des hommes, était que toutes les femmes étaient gagnées d'avance. C'étaient des call-girls haut de gamme, grassement payées par Lassiter. Y compris Denise – c'était Candy, son pseudonyme, qui touchait ce généreux salaire.

Quant aux hommes, ils payaient à Lassiter une coquette somme, soi-disant le prix d'une chambre d'hôtel. En réalité, le payement leur assurait le privilège de trouver une Miss Parfaite prête à satisfaire tous leurs fantasmes, leurs lubies et leurs envies les plus spéciales. En prime, ils avaient la satisfaction d'acheter une nuit de sexe sans payer officiellement pour cela.

Quince n'avait pas besoin d'une femme dans sa chambre. Il avait besoin d'une partenaire qui fasse le guet et maintienne l'amplificateur de signal en parfait alignement avec le transmetteur et l'ordinateur de Lassiter. Le transmetteur contre lequel luttait Denny sur le toit voisin ne serait d'aucune utilité s'il ne pouvait pas capter le signal dans sa chambre du troisième étage pour l'amplifier jusqu'au niveau mezzanine, où Quincy pourrait pirater l'ordinateur de Lassiter.

Et bien que Desiree soit disposée à satisfaire ses désirs les plus excentriques, il doutait qu'elle considère comme une forme de fétichisme le piratage du système de Lassiter. D'ailleurs, elle était déjà

repartie à la recherche d'un autre propriétaire
de clé.

C'est la vie.

— Tu te rends compte que ça pose un problème,
murmura-t-il en levant son verre pour dissimuler le
mouvement de ses lèvres avant de boire une longue
gorgée dont il avait grand besoin.

— *Non, sans blague ? Heureusement que tu es là
pour m'expliquer comment ça fonctionne.*

Il réprima un petit rire.

— Du calme, du calme.

— *Tu ne me vois pas, mais je te fais un doigt
d'honneur, là.*

— Je te reconnais bien là.

Il s'approcha de la fenêtre afin de lui parler plus
facilement, gardant un œil attentif sur les invités
dans le reflet tout en faisant mine d'admirer Hollywood en contrebas. Denny était à son poste, perchée
sur un ancien grand magasin reconverti en immeuble
de bureaux.

— *Fait chier. Je vais utiliser une bande de ruban
adhésif pour me rapprocher au maximum de la perfection. Je pourrai revenir illico presto. Tu as besoin de
moi dans cette pièce.*

En effet. Mais ils avaient également besoin de
pouvoir se fier à la transmission. Cette mission était

cruciale pour la force opérationnelle conjointe entre l'Espagne et les États-Unis visant à faire tomber Corbu et son trafic international d'esclaves sexuelles. Stark Sécurité avait été embauché pour gérer cette étape hautement sensible. Une seule mission pour entrer, obtenir et décrypter les coordonnées des nombreux contacts de Lassiter, puis communiquer à la force opérationnelle le protocole nécessaire pour contacter Corbu.

S'il échouait, Stark Sécurité perdrait la réputation qu'ils venaient d'acquérir dans la communauté des renseignements internationaux. Plus important encore, des milliers de vies innocentes étaient en jeu et l'éventail des opportunités était réduit. Comme on le disait à la NASA, l'échec n'était pas une option.

— J'arrive, dit-il.

Il savait très bien qu'elle était compétente, mais il devait essayer.

— Je pourrais peut-être fixer le bras.

— *On n'a pas le temps. Je dois capter le signal dans quinze minutes et tu dois être en poste dans vingt minutes. Passé ce laps de temps, nous sommes foutus.*

Il sortit de sa poche la montre à gousset Patek Philippe qui avait appartenu au père qu'il avait à peine connu. D'une finesse exceptionnelle, elle était toujours à l'heure exacte, mais ce n'était pas pour cette raison que Quincy la portait toujours avec lui. C'était presque religieux, superstitieux.

La Patek Philippe était un souvenir du passé et une mise en garde contre l'avenir.

Elle ne l'induirait jamais en erreur, et en cet instant, elle lui disait que Denny avait raison.

Et merde.

— D'accord, dit-il. Ramène-toi.

C'était un risque énorme, mais l'appareil puissant était conçu pour permettre la transmission et la réception des quantités massives de données nécessaires au logiciel de décryptage performant des services de renseignements. Avec un peu de chance, l'ancre mise en place par Denny autoriserait le transmetteur à capter le signal et à le relayer à l'amplificateur dans la chambre d'hôtel de Quincy. Cet appareil fonctionnait comme un routeur WiFi. Il diffuserait le signal à l'intérieur de l'hôtel, où il serait intercepté par la technologie dont Quincy se servirait pour pirater le système de Lassiter.

Cependant, pour que cela fonctionne, le signal du transmetteur devait atteindre l'amplificateur avec une précision redoutable. Sinon, l'amplificateur relaierait tout et n'importe quoi à Quincy et à son logiciel haut de gamme créé par Stark Technologies

Appliquées. La situation n'était pas idéale, mais ils n'avaient pas le choix.

Une fois de plus, il se tourna vers la salle. Il devait savoir où était Lassiter pour pouvoir s'éclipser sans se faire remarquer dans la chambre qui lui avait été attribuée au troisième étage. *Voilà.*

Lassiter se tenait dans un groupe de cinq hommes et deux femmes, sa main dans le dos d'une brune élancée. Les cheveux auburn de la jeune femme tombaient sur ses épaules, et sa robe dos nu très échancrée révélait sa peau lisse, quasiment jusqu'à ses fesses parfaites en forme de cœur. Il y avait quelque chose de très familier chez elle...

Aussitôt, il écarta cette pensée hors de propos.

— Bon, j'ai repéré Lassiter. Je me dirige...

Soudain, elle se retourna et il aperçut son visage.

Il se figea. Pétrifié, comme un arrêt sur image.

Eliza ? Il était impossible que ce soit Eliza.

— *Quince ? fit Denny d'une voix tendue. C'est Lassiter ? Il se doute de quelque chose ?*

— Ce n'est pas Lassiter. Un fantôme.

— *Quoi ?*

C'était forcément un fantôme. La femme aux cheveux auburn et aux yeux bleu clair. La femme dont les fossettes avaient fait battre son cœur.

La femme qu'il avait adorée. Dont le parfum s'attardait encore dans ses rêves.

La femme qu'il avait aimée plus passionnément qu'il l'aurait cru possible. Et qui, à présent, devait le haïr plus qu'il ne pouvait l'imaginer.

Il était improbable que cette femme se trouve à une soirée telle que celle-ci. Impossible.

Vraiment ?

Mon Dieu, mais dans quoi était-elle venue se fourrer ?

Sans en avoir conscience, il s'approcha d'elle. Ses longues enjambées franchirent la distance qui les séparait tandis que Denny poursuivait, à son oreille :

— *Que se passe-t-il ? Bon sang, j'arrive. On se retrouve à la chambre dans quatre minutes.*

Il savait qu'il aurait dû se retourner. Il y avait trop d'enjeux dans cette mission. Les vies et la liberté d'un trop grand nombre d'innocentes qui seraient prises au piège du trafic sexuel roumain. Plusieurs milliers de victimes tourmentées, y compris une fille de treize ans, angélique et terrorisée.

C'était après son enlèvement que la force opérationnelle européenne était entrée en action. Fille du prince-régent de l'une des plus petites monarchies européennes, la princesse avait été enlevée à l'occasion d'une sortie scolaire. Son père avait fait appel au chef de la force opérationnelle, un ancien camarade de l'Université d'Eaton, ouvrant les énormes coffres de la monarchie pour financer les mises en œuvre nécessaires afin de retrouver la fille et anéantir le trafic de Corbu.

Quincy frissonna quand l'image d'une autre adolescente lui apparut. *Shelley*. Ses yeux pleins de confiance. Ses sanglots étouffés. Et ses propres cris de terreur et d'impuissance alors qu'une douleur explosive le dévastait et que le monde s'effondrait autour de lui.

En cet instant, il savait ce qu'il avait à faire.

— Reste sur le toit, ordonna-t-il à Denny.

— *Quoi ? Mais...*

— Fais-moi confiance. Je gère.

Il avait été trop faible pour sauver Shelley.

Il l'avait laissé tomber. Il avait échoué.

Il était hors de question qu'il échoue à nouveau.

Même si pour cela, il devait intégrer Eliza Tucker dans ce projet aberrant.

En mille éclats
En mémoire de nous
En demi-teinte

Envie d'en découvrir plus ? Voici un extrait du
premier tome de la série de l'Ange déchu
Mon Ange Déchu
Mon Doux Péché
Ma Cruelle Rédemption

Charismatique. Sûr de lui.
Puissant. Autoritaire.

Investisseur brillant qui change en or tout ce qu'il touche, Devlin Saint est parti d'un modeste héritage pour décrocher des milliards. À présent, il est à la tête de l'un des organismes de bienfaisance les plus en vue sur la scène internationale. C'est un homme déterminé à aider les plus démunis, à combattre l'injustice et à rendre le monde meilleur. C'est du moins une partie de la vérité.

Mais ce n'est pas toute la vérité.

Parce que Devlin Saint cache un secret redoutable. Et il est prêt à tout pour le protéger. Quand Ellie Holmes, journaliste d'investigation, s'intéresse à un meurtre non résolu, elle se retrouve empêtrée dans un nœud d'intrigues et de passion, tandis que Devlin se rapproche dangereusement. Mais alors qu'entre eux, l'intensité et la sensualité montent en flèche, les soupçons d'Ellie suivent la même courbe. Jusqu'à ce qu'elle en vienne à douter de l'authenticité de leur relation torride, craignant qu'il ne s'agisse que d'une façade derrière laquelle il cache des secrets sombres et tortueux.

CHAPITRE 1

Le vent me cingle le visage et le soleil de l'après-midi m'éblouit alors que je descends le long tronçon de Sunset Canyon Road, à plus de cent soixante à l'heure.

Mon cœur bat la chamade et mes paumes sont moites, mais ce n'est pas à cause de la vitesse. Au contraire, c'est exactement ce dont j'ai besoin. L'adrénaline. Le frisson. Je suis une vraie droguée, et ces sensations m'affectent comme une surconsommation de sucre chez un enfant en bas âge.

Honnêtement, je dois mobiliser toute ma volonté pour ne pas mettre ma Shelby Cobra 1965 à l'épreuve et faire monter son puissant moteur dans les tours.

Cela dit, je ne peux pas. Pas aujourd'hui. Pas ici.

Parce que je suis de retour, et mon retour à la maison a réveillé des papillons dans mon ventre. Chaque virage de cette route me rappelle des souvenirs. Des larmes m'obstruent la gorge et j'ai les entrailles nouées.

Bon sang.

J'écrase la pédale d'embrayage, appuie sur le frein et passe au point mort tout en décrivant une embardée sur la gauche. Les pneus protestent dans un crissement tandis que je fais demi-tour, m'engageant sur la voie inverse. L'arrière de la voiture décroche dans un dérapage, avant de s'arrêter pile en droite ligne. J'ai le souffle court, et honnêtement, je crois que ma Shelby aussi. C'est plus qu'une voiture pour moi, c'est la meilleure amie de toute une vie, et en temps normal, je ne la pousse pas autant.

Maintenant, cependant...

Eh bien, maintenant, elle est dangereusement proche du bord de la falaise, toute son aile du côté passager parallèle avec le vide. De là, j'ai une vue imprenable sur la côte, dans le lointain. Sans parler d'un magnifique aperçu du petit centre-ville en contrebas.

Je tire sur le frein à main, le cœur dans la gorge. Ce n'est qu'une fois certaine que nous n'irons pas dévaler à flanc de falaise que je coupe le moteur de la Shelby, essuie mes paumes moites sur mon jean et autorise mon corps à se détendre.

Bien le bonjour, Laguna Cortez.

Avec un soupir, je retire ma casquette de base-ball, laissant mes boucles foncées rebondir librement autour de mon visage, jusque sur mes épaules.

— Ressaisis-toi, Ellie, murmuré-je avant de prendre une profonde inspiration.

Pas tant pour le courage – je n'ai pas peur de cette ville –, mais pour la maîtrise de mes nerfs. Parce que Laguna Cortez m'a déjà mise à terre, autrefois, et il va me falloir toutes mes forces pour arpenter à nouveau ses rues.

Encore une respiration, puis je sors de la voiture. Je rejoins le bas-côté de la route. Il n'y a pas de parapet, et de la terre ainsi que quelques pierres dévalent le talus lorsque je m'arrête tout au bord, presque en équilibre.

En dessous, des rochers dentelés dépassent des parois du canyon. Plus bas, les arêtes saillantes s'adoucissent pour former une pente douce avec des maisons diverses nichées parmi les rochers et les broussailles. Les toits de tuiles suivent la route sinueuse qui mène au quartier des arts. Lovés dans la vallée, encadrée sur trois côtés par des collines et des gorges, les lieux s'ouvrent sur la plus grande plage de la ville qui attire un flux constant de touristes et de locaux.

Pour tout le monde, Laguna Cortez est l'un des joyaux de la côte Pacifique. Une ville à l'atmosphère décontractée, avec un peu moins de soixante mille habitants et des kilomètres de plages de sable et de galets.

La plupart des gens donneraient leur bras droit pour vivre ici.

En ce qui me concerne, c'est l'enfer.

C'est ici que j'ai perdu mon cœur et ma virginité.

Sans parler de tous mes proches. Mes parents. Mon oncle.

Et Alex.

Le garçon que j'aimais. L'homme qui m'a brisée.

Il ne reste plus personne ici, pour moi. Ma famille, tous sont morts. Et Alex est parti depuis longtemps.

Moi aussi, je me suis enfuie, impatiente d'échapper au poids du deuil et à l'aiguillon de la trahison. Je me suis juré de ne jamais remettre les pieds ici.

Et je croyais résolument que rien ne me ferait revenir.

Or à présent, dix ans plus tard, me revoilà, ramenée en enfer par les fantômes de mon passé.

Mon Ange Déchu
Mon Doux Péché
Ma Cruelle Rédemption

J. Kenner

J. Kenner (alias Julie Kenner) est une auteure de best-sellers internationaux figurant aux classements des journaux *New York Times*, *USA Today*, *Publishers Weekly* et *Wall Street Journal*. Elle a écrit plus d'une centaine de romans, de romans courts et de nouvelles dans toutes sortes de genres littéraires.

Selon *Publishers Weekly*, JK est une auteure qui a un « don pour le dialogue et la création de personnages excentriques », et le *RT Bookclub* estime qu'elle a su « répondre aux besoins du marché en créant des antihéros scandaleusement attirants et dominateurs, et des femmes qui fondent pour eux. » Six fois finaliste de la prestigieuse récompense RITA (*Romance Writers of America*), JK a remporté son premier trophée RITA en 2014 pour son roman *Claim Me* (tome 2 de sa trilogie *Stark*) et le second en 2017 pour son roman *Wicked Dirty*. Elle a vendu des millions de livres, publiés dans plus de vingt langues.

Au cours de sa précédente carrière, JK a exercé comme avocate en Californie du Sud et au Texas. Elle vit actuellement dans le centre du Texas, avec son mari, ses deux filles et deux chats plutôt lunatiques.

Visitez son site web pour en savoir plus et pour entrer en contact avec JK sur les réseaux sociaux !

www.jkenner.com

Bulletins d'information de JK

Abonnez-vous à la newsletter de l'édition française de JK pour des informations sur les sorties en français, les apparitions en France, et plus encore. Cliquez ici pour vous abonner afin de ne rien manquer! Newsletter en français:

https://www.juliekenner.com/nouveaux-livres/